Universale Econ

BANANA YOSHIMOTO
L'ABITO DI PIUME

Traduzione di Alessandro Giovanni Gerevini

Feltrinelli

Titolo dell'opera originale

ハ
ゴ
ロ
モ

(Hagoromo)
© 2003 Banana Yoshimoto
Edizione originale pubblicata da Shinchōsha Co., Ltd., Tōkyō
Diritti per la traduzione italiana concordati con Banana Yoshimoto
tramite il Japan Foreign-Rights Center

Traduzione dal giapponese di
ALESSANDRO GIOVANNI GEREVINI

© Giangiacomo Feltrinelli Editore Milano
Prima edizione ne "I Canguri" giugno 2005
Prima edizione nell'"Universale Economica" marzo 2007
Quinta edizione febbraio 2010

Stampa Nuovo Istituto Italiano d'Arti Grafiche - BG

ISBN 978-88-07-81938-4

www.feltrinellieditore.it
Libri in uscita, interviste, reading,
commenti e percorsi di lettura.
Aggiornamenti quotidiani

razzismobruttastoria.net

Avvertenza

Per la trascrizione dei nomi giapponesi è stato adottato il sistema Hepburn, secondo il quale le vocali sono pronunciate come in italiano e le consonanti come in inglese. Si noti inoltre che:

ch è un'affricata come la *c* nell'italiano *cesto*

g è sempre velare come in *gatto*

h è sempre aspirata

j è un'affricata come la *g* nell'italiano *gioco*

s è sorda come in *sasso*

sh è una fricativa come *sc* nell'italiano *scelta*

w va pronunciata come una *u* molto rapida

y è consonantico e si pronuncia come la *i* italiana.

Il segno diacritico sulle vocali ne indica l'allungamento.

Seguendo l'uso giapponese, il cognome precede sempre il nome (fa qui eccezione il nome dell'autrice).

Per il significato dei termini giapponesi si rimanda al *Glossario* in fondo al volume.

Il mio paese sembrava esistere aggrappato ai lembi di terra risparmiati da un fiume. D'estate era un luogo abbastanza fresco, d'inverno invece faceva freddo e, sulle montagne vicine, nevicava molto.

Il grande corso d'acqua che lo spezzava a metà aveva un'infinità di diramazioni che lo attraversavano in lungo e in largo come una ragnatela. Piccoli torrenti che, di notte, brillavano nel buio come dei fili bagnati.

Nelle tenebre, ovunque si camminasse, il fragore del fiume sembrava seguirti. I numerosi ponti e ponticelli dettavano una specie di ritmo e ponevano delle pause all'interno di quel panorama fluviale. Le persone erano infatti costrette a fermarsi e a confrontarsi con l'acqua.

Vivendo lì, anche in sogno si aveva la sensazione di avere il fiume vicino, e pure nei momenti importanti della vita, il fiume era sempre presente sullo sfondo del cuore.

La mattina dopo un temporale, illuminato da un sole abbagliante e ancora più gonfio d'acqua, scorreva con la foga di chi è tornato a vivere e brillava di una luce addirittura violenta. Il pomeriggio, invece, sulle sue rive la vegetazione secca sprigionava nell'aria un odore soffocante.

In certi momenti non sapevo se tutto questo mi piacesse davvero. L'immagine che portavo con me era quella della corrente che scorreva incessante. La gente, come ipnotizzata da quell'acqua a volte limpida a volte torbida, spesso sembrava intontita. Come se il fiume la inducesse a vivere mezza addormentata.

E desse l'impressione di avere scordato qualcosa di importante.

La sua vista però aveva anche un che di poco piacevole, qualcosa che non allettava certo chi si soffermava a osservarlo.

Capitava infatti di vedere cadaveri di conigli, gatti o altri animali ancora, oppure di calpestare escrementi di cane. Tra la vegetazione ronzavano sciami d'insetti e in certi giorni il bucato steso sulla sponda opposta sembrava addirittura sporco. Le coppie che si appartavano sulle sue rive, poi, spesso lasciavano lì i resti della loro passione. Insomma, non erano tutte rose e fiori.

Tuttavia succedeva di vedere sguazzare dei pesci iridati oppure che il blu del cielo si specchiasse nelle sue acque rendendolo ancora più bello. Nelle sere d'estate in cui il sole illuminava il sentiero, si poteva passeggiare provando le stesse emozioni di quando si era bambini. Da sempre, poi, nei momenti di stanchezza era sufficiente sedersi un po' sull'argine per sentirsi più sollevati.

L'acqua che senza sosta ti scorre davanti agli occhi non torna più indietro. Il vento soffia e la vista cambia a seconda dell'ora, di poco ma continuamente. Fissi gli erigeroni ai tuoi piedi e tocchi quei petali simili a fili. La brezza ti accarezza il viso e anche i pensieri si rischiarano. L'intensità delle sensazioni che provi in quei frangenti non affievolisce mai, anzi si rinnova costantemente.

Immagino che osservando a lungo una qualsiasi altra cosa presente sulla Terra, si arrivi a provare le stesse emozioni, nel mio caso però è stato un fiume a farmele conoscere.

Quando mi alzo in piedi e con le mani mi strofino il sedere ormai ghiacciato, sento che il significato del mondo mi è un po' più vicino.

A volte ho addirittura la certezza che non ci sia una grandissima differenza tra i processi vitali che avvengono sotto la mia pelle e tutto ciò che si estende all'infinito davanti ai miei occhi.

Sia i pensieri nobili che le preoccupazioni meschine, tutto esiste alla stessa stregua di quella vista, con semplicità, ma anche secondo un ordine ben stabilito. E noi, trepidando, capiamo che al di là di quel mondo visibile, ne esiste un altro, molto, molto più grande.

Semplicemente fissando la corrente del fiume, senza bisogno di fare nient'altro, ho l'impressione di uscirne arricchita.

Tutto quello che mi riesce di vedere sulle sue rive trasmette energia al mio corpo e alla mia anima e avverto la sensazione fisica di ricaricarmi. I sassi, il colore del cielo, le luci delle case, le auto e le altre cose in lontananza, il vigore delle attività umane, il colore dell'erba, le piccole creature viventi, le nuvole enormi che si rincorrono all'orizzonte, quel suono flebile che risuona nelle orecchie... forse tutti quelli che come me in qualsiasi angolo della Terra riescono a trarre dall'ambiente quel tipo di conforto, speciale e ordinario insieme, si rendono conto di vivere questo mondo.

Quell'inverno ero davvero messa male, tanto da decidere di tornare per qualche tempo al mio paese e di aiutare la nonna nel caffè che gestiva un po' per svago sulla sponda del fiume.

Mio padre viveva lì, nella casa dove avevamo sempre abitato, ma dopo tutti quegli anni da "vedovo allegro", non me l'ero sentita di andare da lui. Tanto meno di trasferirmi nell'appartamentino della nonna, che pure era lì vicino. Così dormivo nel retro del caffè, in una specie di magazzino. Il fatto di potere stare sola rendeva tutto più semplice. La convivenza mi avrebbe di sicuro distratta un po', ma costringendomi a farmi dei riguardi verso gli altri, mi avrebbe stressata ancora di più. Da sola invece potevo tranquillamente scoppiare a piangere all'improvviso senza bisogno di correre in bagno e fare finta di vomitare.

Non riuscivo ancora a credere fosse finita la relazione che avevo avuto con un uomo sposato da quando avevo diciotto anni. Per quanto tempo passasse, non mi rassegnavo all'idea che ci fossimo lasciati davvero. Era come se quegli otto lunghi, lunghissimi anni avessero dato vita a qualcosa di enorme, a qualcosa di importante che io stessa non avrei mai potuto immaginare.

Forse a causa di ciò avvertivo sempre una strana stanchezza... i muscoli delle spalle erano sempre in tensione e pensavo in continuazione alle stesse cose, tanto da temere di essermi bruciata il cervello.

Capita spesso che i figli di genitori che vanno molto d'accordo, crescano senza sviluppare alcun senso critico nei confronti del mondo che li circonda. E così era stato nel mio caso.

Ero diventata grande pensando che tra moglie e marito non potesse che esistere armonia, e che per una coppia la cosa più piacevole e bella in assoluto fosse stare insieme. Se così non fosse stato, ero convinta che il matrimonio non avesse più ragione d'esistere e che il divorzio fosse solo una questione di tempo.

Una regola di certo applicabile nel caso dei miei genitori, ma che purtroppo non era sempre vera. Dalla mia disavventura avevo imparato che a questo mondo, invece, esistono numerose forme di unione e una vastissima gamma di compromessi. C'era voluto così tanto tempo perché me ne accorgessi, da darmi della cretina da sola.

Quando avevo dieci anni, mia madre era morta sul colpo in un incidente stradale. Era andata da sola a fare delle compere nella provincia vicina, ed era finita contro un palo della luce per un colpo di sonno.

Fino a quel giorno, i miei erano sempre andati molto d'accordo. E forse perché avevano studiato insieme psicologia all'università, avevano ancora quell'aria da studenti innamorati.

A ben pensarci, però, più che una coppia legata da un amore indissolubile, mia madre e mio padre erano due persone molto affini, idealisti al punto da voler mettere la felicità al primo posto. Riuscivano a non prendere troppo seriamente le cose della vita, e così facendo se la spassavano in qualsiasi circostanza.

Al contrario io, in quella fase dell'adolescenza in cui il desiderio d'amore arde quanto mai, mi ero messa con un uomo sposato e vivevo nell'attesa che si facesse vivo. Non mi restava che riempire il vuoto delle mie giornate rimuginando, e avevo cominciato a sospettare di tutto e di tutti proprio perché non avevo di meglio da fare.

Ero davvero stanca di non potere più fare affidamento su niente e nessuno.

L'appartamento di Tōkyō l'avevo tenuto, ma ancora non riuscivo a decidermi se fosse il caso di tornarci a vivere oppure no.

Si trattava di un finto "studio fotografico" che il mio compagno, un fotoreporter abbastanza conosciuto, aveva comperato soltanto per poterci incontrare indisturbati. Avevo abitato lì sin dall'inizio della nostra relazione, e quando ci eravamo lasciati me l'aveva intestato. Una decisione che aveva preso di comune accordo con la moglie: cosa che non avevo trovato affatto divertente. Avevo la strana sensazione che dall'alto della loro maturità e gentilezza spropositata, mi avessero voluto riconoscere una sorta di buonuscita.

Tradita per tutta una vita, alla moglie – che aveva sempre avuto una salute cagionevole – era venuto l'esaurimento nervoso, aggravato da seri problemi a livello cardiaco. Il mio compagno mi aveva telefonato per dirmi che non c'era altra soluzione: dovevamo lasciarci.

"La possibilità di divorziare da tua moglie non l'hai nemmeno presa in considerazione?"

"Non potrei mai."

"Strano, non trovi? Non pensi che anch'io abbia un qualche diritto?"

"Così come stanno le cose, direi proprio di no. Purtroppo sono costretto a troncare la nostra relazione."

"E in tutto questo io non ho nessuna voce in capitolo?"

"Non posso abbandonare la mia famiglia. Ti ricordo che ho un figlio e che ci sono ancora i miei genitori, mia suocera e addirittura sua madre. E che siamo tutti legati da vincoli molto stretti. Li ho già fatti soffrire abbastanza, per cui adesso basta. Anni fa, quando ho conosciuto mia moglie, ho deciso in assoluta libertà di mettere su famiglia, e adesso non mi resta che essere coerente con la mia decisione, fino a quando non morirò. Continuare la nostra relazione solo sulla base di un mio sentimento personale, sarebbe una scelta troppo poco equilibrata. Io, ormai, ho deciso di stare con loro. E ti pregherei di non farmi aggiungere altro."

"Allora io per te non ero altro che un passatempo?"

"In un certo senso, sì!"

"Cosa vorresti dire con 'in un certo senso'?"

"Credimi, è meglio se concludiamo qui la conversazione. Altrimenti va a finire che roviniamo anche tutto quello che di bello abbiamo vissuto insieme."

"Visto com'è andata a finire, direi che non me ne fregherebbe più di tanto."

La nostra inutile discussione proseguì all'infinito. Fintanto che non mi ritrovai a essere l'unica dei due a contestare. Rispondevo da sola alle mie domande, proprio come se stessi litigando con me stessa.

Che sofferenza, mi dissi in cuor mio stranamente calma. *Questo non vuol dire discutere di un problema, ormai hai già deciso, no?* Pensai fissando il *tatami* ai miei piedi. Avrei voluto uno scontro più violento, arrivare a non sapere cosa fare e dovermi prendere un po' di tempo per riflettere. Ma se questo era quello che lui aveva deciso, a me non restava più niente da dire.

Chi l'ha detto che in questi casi soffre di più chi è ammalato? Chissà perché il mio compagno non si era nemmeno chiesto se invece la sofferenza non fosse maggiore per chi, senza cadere malato o scoppiare in lacrime, continuava ad avere appetito, a uscire e a vedere gli amici.

Con chi avrei potuto sostenere che la mia intera adolescenza non era stata altro che una forma di nevrosi? Tutto sommato avevo vissuto per anni aspettandolo, senza mai tradirlo una volta, accontentandomi di fare lavoretti saltuari così da potermi gestire gli orari con la massima libertà. Ero anche arrivata a imparare a maneggiare il cellulare e il computer per essere più facilmente rintracciabile. In quel frangente di vuoto improvviso, non aveva senso fare paragoni inutili o chiedersi chi dovesse uscirne vincitore e chi vinto.

Io ero semplicemente pazza di lui e senza rendermene conto ormai mi aggrappavo con tutte le forze ai miei sentimenti e alla mia condizione.

Era stato tutto molto divertente, niente di più, proprio come quando in primavera soffia il vento tiepido e con la punta del naso ti godi i suoi profumi dolci, oppure come quando in inverno ti senti felice a stare seduta davanti alla stufa con le ginocchia bollenti. Io mi ero immersa in quella vita di coppia, in quella grande storia d'amore senza futuro in cui giorno dopo giorno si accumulavano leggeri ricordi quotidiani privi del peso della realtà.

Anche se non ne ero consapevole del tutto, non c'era dubbio che dipendessi completamente da quella vita.

Una vita che, a ripensarci adesso, assomigliava a quella dei ricoverati negli ospizi, tutto il giorno davanti alla televisione. Intontiti dal tranquillo ripetersi degli eventi, riescono a chiedersi soltanto quale programma desiderano vedere, mentre fuori dalle loro stanze tutto avviene in modo dinamico.

A dire la verità, sapevo che stavo perdendo, istante dopo istante, qualcosa di molto importante. Per esempio: il tempo per me stessa e la lucidità di giudizio.

Non c'era dubbio che i racconti del mio compagno fossero interessanti e profondi. Ne subivo un'influenza positiva e mai li avevo trovati noiosi.

Soltanto ad ascoltare le sue storie, di quando per esempio andava da solo in luoghi sperduti a fare foto alla natura e delle peripezie che doveva affrontare, cadevo nella profonda illusione di aver vissuto io stessa quelle esperienze.

A ben pensarci, però, per me le sue avventure non erano poi molto differenti da quelle che si vedono alla televisione.

Quelle rare volte che mi aveva portata con sé perché lo aiutassi, avevo continuato a essere la sua ragazza, al massimo la sua assistente, e non c'era mai stato bisogno che mi dessi da fare veramente. Le giornate trascorse al suo fianco erano passive, di una passività sconcertante.

Forse avrei fatto bene a reagire e a cercare di assimilare da lui tutto il possibile per diventare una fotografa anch'io.

A me però quel tipo di professione non interessava. Sapevo bene che fotografare la natura non era affatto semplice. È uno di quei lavori che vanno perseguiti tutta una vita. Di quelli che più si fanno e più si capisce di non conoscerli abbastanza. A questo mondo, poi, per i miei gusti ce n'è fin troppa di natura. Talmente tanta, che al solo pensiero mi gira la testa. D'altra parte, fotografare delle persone semisconosciute lo trovavo ancora meno interessante. E, dulcis in fundo, le macchine fotografiche di un certo livello sono tutte troppo pesanti.

In quegli anni non avevo l'opportunità di conoscere altre realtà e quindi non potevo fare paragoni. Stando con lui, impegnato com'era, non avevo proprio il tempo di dedicarmi seriamente a nient'altro. In quelle condizioni non avrei mai potuto individuare una "strada" tutta mia, e così avevo deciso di lasciar perdere e di starmene tranquilla.

Verso la fine della storia, forse perché nel frattempo ero maturata, dentro di me avevo sviluppato una forte sfiducia nei confronti degli uomini in generale. Immagino che io piacessi al mio compagno perché, anche se nella vita non mi davo un gran da fare, non ero una che faceva tante storie. Ero un tipo spensierato e quando uscivamo ero sempre allegra, non ero una stupida e se c'era da parlare di fotografia lo facevo senza problemi. Fisicamente non ero male, ero a sua disposizione ventiquattro ore su ventiquattro, e non gli imponevo nessun vincolo. Non c'era dubbio che lo allettasse pure il fatto di avere un ambiente dove venire accolto con calore, e dove poter fare l'amore indisturbato... Anch'io se avessi un posto del genere, senza nemmeno bisogno di farci del sesso, farei di tutto per andarci subito.

Di sicuro nella sua testa continuavo a essere la ragazzina spensierata di una volta, una che vive esclusivamente seguendo il proprio bioritmo. Ero certa che non avrebbe mai potuto immaginare il livello di depressione in cui mi trovavo.

Tuttavia non lo odiavo. Sapevo che, anche se avessi provato rancore, non avrei risolto niente: la situazione attuale altro non era che lo sviluppo degli eventi. Qualunque fosse stata la giustificazione che avessi cercato, nulla sarebbe cambiato. Qualunque fosse stata la strada che avessi tentato di percorrere, la fine della storia sarebbe stata la stessa: il mio compagno aveva scelto di stare con la moglie e non con me.

L'appartamento che avevo ricevuto come indennizzo aveva una terrazza enorme ed era vicino sia alla stazione che alla stradina dei negozi. Nonostante si trovasse in una zona molto elegante, le spese condominiali erano ridicole: soltanto ventimila yen al mese. Ma tra quelle pareti cariche di ricordi, capivo che stavo dissolvendomi poco alla volta, ero ormai sul punto di diventare uno spettro del mio passato.

Il venerdì sera, dopo aver trascorso per anni la notte insieme al mio compagno, guardavo i programmi di sempre, compravo le stesse cose da mangiare, facevo il solito bucato e indossavo il solito pigiama. Poi però mi addormentavo da sola: ormai lui non sarebbe più venuto da me. Un giorno mi era stata recapitata una libreria che avevamo ordinato insieme e di cui lui ne avrebbe dovuto occupare un ripiano. Sentivo che dai pori di quel legno si diffondevano nell'aria i ricordi piacevoli della giornata in cui eravamo andati a comperarla: uno dopo l'altro, prendevano vita come dei fantasmi.

Ora mi sembrava di vivere in un brutto sogno, in uno di quelli da cui non ci si risveglia più.

Pranzavo nel solito ristorante, e nello stesso bar dove andavamo insieme ogni settimana, compervo il caffè da macinare... I nostri giochini da eterni innamorati erano durati ben otto anni, di colpo però erano finiti, con una semplice telefonata... Ero convinta di essere diventata vecchia. Condurre la vita di tutti i giorni era già uno sforzo immane per me, il mio corpo non aveva più l'energia di fare nient'altro.

Non riuscivo a credere fosse possibile indebolirsi a tal punto per colpa di una semplice delusione d'amore.

Ormai era tutto finito, mancava soltanto che venisse una persona delegata da lui per espletare le pratiche necessarie al cambio d'intestazione. Mi augurai che sorgesse un minimo problema e che diventasse indispensabile incontrarsi almeno una volta, purtroppo però ogni cosa filò liscia come l'olio e in men che non si dica mi ritrovai sola, abbandonata nel nostro nido d'amore.

Smarrita all'interno di quella vita passata, capii che così facendo non ce l'avrei più fatta a uscirne. Era come se mi fossi incantata a osservare un filo reciso che penzola nel vuoto.

La moglie aveva scoperto la nostra relazione perché il mio compagno aveva voluto registrare personalmente, con la voce di un uomo dunque, il messaggio di risposta della mia segreteria telefonica, così da mettere fine agli scherzi di cui ero vittima. Lei l'aveva sentito e i suoi dubbi si erano trasformati in certezze. Con il senno di poi, sospettai che la "leggerezza" commessa dal mio ex altro non fosse che la mossa finale di una strategia messa a punto dai due.

Eppure i ricordi che mi legavano a lui erano tutti molto cari. La sera in cui aveva inciso quel fatidico messaggio, per esempio, era stata davvero divertente. Con la voce tesa dall'emozione, l'aveva registrato un'infinità di volte. Io preparavo la cena facendo finta di non ascoltarlo. Riso al curry. Ricordo anche che i vetri delle finestre erano appannati per il vapore. Nella memoria è tutto così chiaro da sentire ancora il rumore del cucchiaio contro il piatto. Con il profumo di spezie che aleggiava nell'appartamento, era una serata in cui non sarebbe potuto succedere niente di male.

"Ti ho registrato un messaggio da professionista!" venne a comunicarmi con il gatto in braccio.

"Vorrà dire che lo terrò tutta la vita."

"Tutta la vita, mi raccomando!"

"Anche se ci dovessimo lasciare."

Nel nostro immaginario del momento, "tutta la vita" era qualcosa di più durevole perfino dell'eternità.

A volte eravamo andati insieme alle terme, ed era successo pure che lo accompagnassi durante i suoi viaggi di lavoro all'estero. Dentro di me non c'era cosa che non fosse in qualche modo collegata a lui. Mi aveva detto che passava più tempo in mia compagnia che con la moglie e il figlio, e che non aveva mai avuto nessun altro con cui condividere così tante cose. Chissà se era vero. È troppo buono da parte mia pensare che la rapidità della nostra separazione in effetti rivelasse l'intensità della sua sofferenza?

Nei miei sogni, lui era sempre nel nostro appartamento. Col sorriso sulle labbra, mi raccontava quanto gli facesse piacere poter stare ancora con me, tanta era la tristezza che aveva provato nel periodo di separazione. La forma delle mani, le guance morbide, sembrava tutto molto reale. In quella dimensione onirica mi tranquillizzavo al punto da sperare di non svegliarmi mai più.

Purtroppo però i miei occhi si riaprivano regolarmente. E ogni volta piangevo al pensiero di essere stata lasciata sola a continuare quella vita che apparteneva a un altro mondo.

Di certo, in quelle condizioni, non mi sarebbe mai venuta voglia di cominciare qualcosa di nuovo. Volevo che fosse il tempo, soltanto il tempo, a consolarmi, e così evitavo sia gli uomini che si mostravano gentili con me, sia le donne con cui intuivo si stava creando troppa intimità. Tutto perché non ero assolutamente in grado di calibrare la portata della mia debolezza.

Tempo, ti supplico: passa alla svelta! Così mi auguravo ogni giorno, praticamente pregando. Avevo l'impressione di capire perfettamente cosa provasse un'anatra costretta a vivere con una freccia conficcata nel corpo.

Mi sforzavo con tutta me stessa di far finta di niente, ma ormai non appartenevo più allo spazio che mi circondava. Il mio vero io era ancora intrappolato nella vita di quei giorni e continuava a ripeterne i gesti quotidiani. Una sensazione che non riuscivo a evitare. Dormivo fino a metà pomeriggio, mi svegliavo e realizzavo di avere la mente ancora offuscata: *Oddio, oggi è venerdì! Fra poco il mio compagno arriva. Dove possiamo andare a mangiare qualcosa?*

Non si trattava di mere fantasie, bensì di qualcosa che accadeva davvero in un'altra dimensione. Sentivo il rumore metallico della serratura, la porta d'ingresso che si apriva, i passi avvicinarsi alla camera da letto e la sua mano che mi accarezzava la testa... tutto era così reale da non credere che si trattasse solo di autosuggestione. Ogni volta mi ci voleva del tempo per riuscire a tornare in me stessa, per rendermi conto della mia nuova realtà, per realizzare che ormai non avrei più passeggiato al suo fianco, tanto meno avrei visto ancora agitarsi al vento le decorazioni floreali appese lungo la stradina dei negozi.

Adoravo quella vista.

Quando scendevamo le scale di casa mano nella mano, sapevo che saremmo stati insieme ancora a lungo. Avremmo mangiato qualcosa con calma e poi avremmo dormito nello stesso letto. Per strada gli altoparlanti diffondevano una musica da quattro soldi e le decorazioni variopinte svolazzavano nel cielo. A quella vista cadevo sempre nell'illusione che la sagra del quartiere si stesse protraendo in eterno.

Ma che diavolo sto facendo? Se anche sua moglie morisse domani, il fatto che lui abbia scelto lei e non me, è una realtà che non posso più cancellare. Così facendo, cercavo di darmi delle spiegazioni da sola, proprio come quando si vuol far capire qualcosa a un povero demente.

In quelle condizioni, se il gatto saliva sul letto e veniva a strusciarsi contro di me, sentivo il tepore del suo corpicino morbido e scoppiavo a piangere senza motivo. *Già... questa è la sua pelliccia invernale... Ma certo, siamo in inverno! Su, dai, devo tornare al tempo presente!* Se non mi fossi costretta a richiamarmi alla realtà, non sarei più riuscita a riappropriarmi del mio corpo e avrei vagato per l'eternità prigioniera del mio passato.

Se va avanti così, si mette male... Il momento in cui arrivai a questa conclusione confusa, decisi di tornare al mio paese. Laggiù dove viveva gente con cui non andavo particolarmente d'accordo e dove non cambiava quasi mai niente.

Durante gli anni in cui avevo vissuto a Tōkyō, il bar della nonna – che comunque era sempre stato piuttosto strano sin dai tempi dell'apertura – era peggiorato ulteriormente.

Non che fosse sporco, la patina del tempo però non l'aveva affatto migliorato: era semplicemente diventato vecchio. Ovunque imperava una confusione anomala.

Un'infinità di tazze decorate con ossessionanti motivi a fiorellini di cui la nonna faceva collezione, tende di pizzo con degli orribili disegni, enormi soprammobili etnici in bella mostra sui davanzali... un vero pugno in un occhio. Per non parlare della miniserra che occupava metà del locale in cui la nonna si dilettava a coltivare orchidee. Già in passato avevo pensato che ce ne fossero troppe, adesso però i vasi erano dappertutto. Era una vista talmente surreale da pensare che appartenesse a un sogno. Davvero terribile. Non si capiva bene se fosse un bar, una serra o un'abitazione. Io però l'energia di oppormi a quella situazione, di rivoluzionare le cose e di fare un po' d'ordine, proprio non l'avevo.

A dire la verità le orchidee erano così belle e ben curate che non mi stancavo mai di ammirarle, al punto che anch'io avevo cominciato a parlarci insieme.

Il caffè era eccezionale, in assoluto la cosa migliore. Così avevo deciso di lasciare correre tutto il resto.

La nonna era bravissima a prepararlo. Utilizzava una miscela messa a punto molti anni addietro dal nonno, un grande estimatore di caffè. Se mettevi un cucchiaino abbondante di zucchero in quella bevanda forte, in cui il gusto amaro si sposava a meraviglia con quello aspro, ti si rischiaravano le idee e ti scaldavi dentro. Anche il *cheese cake* fatto in casa aveva un gusto raffinato, immutato nel tempo. Questo spiegava perché ci fossero clienti che venivano apposta, nonostante il degrado del locale.

Quando vedevo però che a pranzo la nonna serviva, che so, l'*oden* avanzato la sera prima, e che c'erano persone che lo mangiavano insieme al *cheese cake* e al caffè di cui parlavo, mi cadevano le braccia. Per non dire di quando al sabato venivano quelli con il giornale delle corse dei cavalli, e si piazzavano davanti alla televisione. Una cosa che mi aveva sempre dato molto fastidio, qualunque fosse il locale in cui mi trovassi.

Se cercavo di protestare, la nonna mi liquidava con frasi del tipo: "Nelle tue vene oramai scorrono i veleni di Tōkyō".

Ringraziavo il cielo che non si fosse messa a servire alcolici, trasformando il locale in una sorta di osteria, fino a quando una sera non la vidi offrire a degli habitué della birra prodotta in zona. E come spuntino dei *mochi* fritti. Non c'era nessuna logica in quel tipo di servizio realizzato nel tentativo di assecondare le richieste dei vecchi clienti, e proprio non riuscivo a capire come giudicarlo. La mia idea di guarire dalla depressione buttandomi nel lavoro era finita a gambe all'aria.

La nonna era comunque molto affettuosa con me. Sebbene in passato me ne fossi andata a Tōkyō contro la volontà di tutti, non mi rimproverava mai la cosa e aveva accettato di farmi lavorare nel suo bar, dove, inutile dirlo, di un aiuto non c'era mai stato bisogno, in modo che recuperassi in breve il mio equilibrio mentale. Aveva capito al volo lo smarrimento in cui mi trovavo, ma con me non ne parlava. Mi pagava addirittura un tanto all'ora, così avevo la sensazione di guadagnarmi da vivere e la cosa mi rendeva felice.

Anche se sentivo l'odore di umido dei fiori, se vedevo i tavolini spostati in modo che le orchidee godessero del sole che entrava dal lucernario, se i clienti venivano costretti in posizioni vergognose per colpa dei sottovasi ammassati negli angoli, oppure se dovevo subire per ore l'audio della televisione, non mi lamentavo. Io ero io, la nonna era la nonna. Tutto sommato, una volta deciso cosa ne sarebbe stato del mio futuro, me ne sarei andata.

Da quando ero tornata al paese non mi truccavo più, portavo soltanto jeans e tenevo i capelli sempre raccolti. I miei amici d'infanzia non credevano ai loro occhi nel vedermi ridotta così, e io stessa, quando mi specchiavo, sobbalzavo addirittura per lo spavento.

Quando vivevo a Tōkyō non avevo mai pensato che il "compito dell'amante" consistesse nell'essere presentabile a qualunque ora del giorno e della notte. Così mi chiedevo da cosa dipendesse un cambiamento del genere. Al mattino, mentre mi lavavo il viso davanti allo specchio, a volte mi capitava di interrompere il movimento delle mani e di osservarmi con attenzione.

Ho la faccia di quando ero bambina, pensavo.

Le guance colorite di quando giocavo ogni giorno sulle sponde del fiume, e mettevo sempre il mio maglione preferito.

Arrivai alla conclusione che quella che impersonificavo a Tōkyō fosse l'unione di due persone, di me e dell'uomo che era al centro della mia vita. Una così non sarei mai riuscita a tirarla fuori da sola.

Adesso invece ero un incrocio tra la bambina che ero stata e l'essere che avevo davanti agli occhi. Il periodo in cui ero stata innamorata era stato rimosso dal mio passato lasciando un cratere buio e profondo.

La mattina mi svegliavo e la prima cosa che vedevo erano

lattine di tè, confezioni di caffè in chicchi e scatoloni di biscotti. Avvolta in una trapunta a fiori che mi aveva dato la nonna, dormivo su un *futon* sottile come i *senbei* stipati nel fondo del magazzino.

Illuminata dalla luce delicata del mattino, aprivo gli occhi e vedevo il mio gatto – l'unico affetto che avessi portato con me – avvicinarmisi al viso reclamando la colazione, proprio come succedeva a Tōkyō. Più di una volta mi era capitato di chiedermi dove fossi. Ero al mio paese, eppure mi risvegliavo in un ambiente diversissimo dalla casa in cui ero cresciuta. Non riuscivo a capire né dove mi trovassi, né cosa ci facessi in quel posto.

Mi era successo anche di lasciarmi andare in un pianto liberatorio. *Se soltanto anch'io potessi rifarmi una vita in questo modo. Una vita che si rinnova ogni mattina. La luce a cui sono esposta in questo momento non mi ha mai illuminata prima d'ora. Adesso devo darmi da fare, riuscire ad andare ovunque desideri.*

Purtroppo, però, non appena mi alzavo per lavorare, di colpo venivo oppressa dal peso dei ricordi e la mia vita tornava a essere prigioniera della memoria.

A pranzo mangiavo da sola vicino al fiume.

Scendevo gli scalini di pietra che portavano fino alle sue acque e lui, ogni giorno con un volto nuovo, mi mostrava sempre il suo aspetto maestoso. Appagavo il mio appetito e mi riposavo bene per affrontare il pomeriggio. A differenza di quando ero bambina, però, non ero più in armonia con il mondo al punto da accontentarmi di una piccola ricarica. Ormai non potevo più permettermi di esaurire tutta l'energia subito, certa di ottenerne subito dell'altra. Ero esausta, completamente paralizzata, e mi sentivo grata alla bellezza di quella vista... a quell'acqua che continuava a scorrermi davanti. E quella piccola fiamma alimentata dalla mia gratitudine accendeva piano piano il motore che mi permetteva di tirare avanti. *Sono ancora dentro di me*, pensai. *I senti-*

*menti di allora, quel flusso vivace di energia, sono ancora vi-
vi dentro di me.*

Osservavo controluce il colore delle foglie, vedevo i volti
sorridenti, i capelli scompigliati e i vestiti delle persone che
camminavano sulla sponda opposta. Un giorno un gruppo di
amici che faceva un barbecue mi offrì uno spiedino, un altro
giorno un cane venne a farmi la pipì addosso, un altro ancora un bambino piccolo cadde proprio davanti ai miei occhi e
si spaventò moltissimo... succedevano moltissime cose vicino
a quel fiume.

In quello stato di apatia totale, poco alla volta mi stavo
abituando ai piaceri di quella vita provvisoria. Poco alla volta, come quando si immerge il corpo nell'acqua gelida.

Poi un giorno, in una di quelle giornate sospese fuori dal tempo, vidi quella persona.

Trasalii come alla vista di un fantasma, senza neppure sapere il perché.

Era un pomeriggio invernale gelido. Ebbi l'impressione che l'odore e il freddo pungente che penetravano nel corpo attraverso i pori stessero invitandomi a ricordare la circostanza in cui ci eravamo incontrati in passato. Di sicuro anche allora era inverno.

Il cielo era nuvoloso proprio come quella volta, e mi sembrava che ogni cosa fosse avvolta da un'atmosfera color latte. Anche se era giorno, sembrava che le luci della città si riflettessero sulle nubi e i suoni ne venissero attutiti.

Mischiato al vento freddo, si sentiva un leggero profumo di legno bruciato, uno di quei buoni odori tipici dell'inverno.

Uscita dal caffè della nonna, avevo camminato a lungo costeggiando il fiume. L'incontro era avvenuto subito dopo avere imboccato il viale della stazione.

Quella persona era dall'altro lato della strada e indossava un piumino rosso e un berretto da sci. Era un ragazzo magro con il fisico da sciatore, uno di quei tipi che spesso si vedono girare in quei paesi dove lo sci è uno degli sport invernali più praticati. Carnagione scura e aspetto giovanile, avrà avuto la mia età o forse qualche anno in più. Portamento elegante, sopracciglia folte ed espressione risoluta, camminava con passo veloce.

Non ero rimasta colpita pensando che fosse un segno del destino, oppure soltanto perché avevo il sentore di averlo già incontrato. Nulla di tutto questo. Le mie sensazioni erano molto più chiare: ricordavo la sua voce e – chissà perché – di avergli toccato la mano. Quando e dove ci fossimo conosciuti erano le uniche cose che non riuscivo a richiamare alla memoria.

Potrei chiederlo a lui, no? No, non se ne parla nemmeno... purtroppo in quel momento ero sola. *Se soltanto ci fosse qualcuno qui con me*, pensai in cuor mio. *Ahh, voglio sapere chi è! Dove diavolo l'ho visto? Era un bel posto. Soffiava un vento freddo, l'acqua era limpida... L'acqua?* Cercavo di ricostruire la situazione per immagini, ma non mi ritrovavo affatto. Ero sicura soltanto del fatto che anche allora indossasse un piumino del genere, e che quel colore rosso fuoco mi avesse trasmesso un grande coraggio.

Mentre lo fissavo con lo sguardo spento di quando si sogna a occhi aperti, lui si fermò davanti al semaforo. Poi, con un movimento del tutto naturale, si girò verso di me e si mise a osservarmi con la mia stessa aria meravigliata. Aggrottò leggermente le sopracciglia folte, aguzzò lo sguardo e assunse un'espressione a dir poco incredula.

Non avevo intenzione di attraversare la strada, influenzata dagli eventi, però, rallentai il passo. Oramai eravamo l'uno di fronte all'altra, tutt'e due vittime di un vuoto di memoria. Una sensazione sfumata, come quando in sogno si cammina senza esitazione verso una meta ben stabilita, in un luogo che, per la verità, non si conosce affatto.

Nel sogno, in quei momenti, il proprio io si divide in due: quello che si pensa di conoscere e quello che si conosce per certo. I due poi si sovrappongono formando un'ombra che emana una luce fievole... *Luce?!? Ecco cos'era quello che vedevo prima nella mia memoria! Era l'immagine di una luce bianca iridata a forma di cerchio! È questa che devo fissare, cercando di non sbattere nemmeno le palpebre... Chissà cosa penserà di me la gente che mi vede così assorta...* Insieme a lui, mi concentrai sui ricordi che l'avrebbero dovuto riguardare, al punto da non far più caso al rumore, assordante, delle auto che passavano, tanto meno agli altri passanti.

Il semaforo divenne verde. Il coraggio di rivolgergli la parola, però, non l'avevo, per cui andai di corsa un po' avanti prima che arrivasse sul mio lato della strada.

Perplessa, inclinavo il capo chiedendomi perché mai non riuscissi a ricordare. *Forse era un mio compagno di classe? Oppure uno più grande che frequentava la mia scuola? Magari il fratello maggiore di una vecchia amica?* Tutte ipotesi poco convincenti.

Era come ricordare il paese natale dopo essere scappati in esilio con qualcuno... come sorridersi dopo aver valicato per sempre la frontiera, rievocando il lungo viaggio...

In quel ricordo c'era qualcosa che assomigliava alla mano di chi mi aveva aiutata a venire al mondo... o meglio, una forza in grado di sollevarmi ancora più in alto, una luce bianca che commuoveva senza far provare compassione, ciò che avevo ricevuto in dono dalle mie ave, la sensazione vivida di quando prendi in braccio un neonato... in quel ricordo c'era un calore che era sintesi di tutto questo.

Dopo essermi ripresa un po', mi diressi verso l'appartamento di mio padre.

Gli avevo promesso che quel pomeriggio sarei andata a fare le pulizie a casa sua.

Mi aveva telefonato dalla California assicurandomi che sarebbe rientrato in Giappone prima che tornassi a Tōkyō e mi aveva pregata di andare a cambiare un po' l'aria a casa sua.

Papà insegnava all'università, ma era anche traduttore di testi di psicologia transpersonale, soprattutto di strani libri sulla *new age*. Andava in giro per il mondo a conoscere i misteriosi promulgatori di quel movimento, e ne pubblicava le interviste corredandole di apparati critici scritti da lui. Insomma, era un tipo molto "particolare".

Da quando era morta la mamma, aveva continuato a vivere nello stesso appartamento e a fare la stessa vita. Una casa dove regnava il caos più totale. Niente di cui stupirsi visto che nelle sue vene scorreva il sangue della nonna, una donna che aveva trasformato a suo piacimento un caffè in una serra. Mangiava dove gli capitava e, siccome lavorava senza rispettare gli orari, si addormentava un po' dappertutto. Per fortuna, però, aveva la mania del bucato e quindi indossava solo vestiti puliti. La lavatrice era infatti l'unica cosa che avesse cambiato negli anni: adesso ne aveva una enorme tutta automatica, di quelle con l'asciugatrice incorporata.

Era spessissimo in America per lavoro, tanto da essere a casa soltanto per sei mesi all'anno. Pare che fosse sempre ospite della sua ragazza, una che avevo incontrato anch'io qualche volta. Una bella ragazza giovane che, neanche a farlo apposta, aveva un po' l'aspetto *new age*: gentile, vegetariana, i capelli (troppo) lunghi e due begli occhi grandi.

Entrai in casa con la chiave di scorta nascosta nella cassetta della posta, aprii per bene le finestre e cominciai dalle pulizie più semplici. Chiaramente di biancheria ancora da lavare non ce n'era, così tirai fuori quella pulita, ormai completamente asciutta, dalla lavatrice, la piegai e feci un giro di perlustrazione per le stanze.

In studio vidi una foto che ritraeva sorridenti mio padre e la sua ragazza in cima a una montagna da cui si godeva una vista spettacolare.

Uno di quei sorrisi contagiosi.

Papà sembrava felice e la cosa mi riempì di gioia.

A fianco di quella, poi, ce n'era una di mamma e papà in viaggio di nozze e una della mamma con me neonata in braccio. Ingiallita dalla luce del sole, aveva ormai i colori sbiaditi. La mamma era giovane e un po' in carne. *Oddio, come le assomiglio! Non è più a questo mondo, eppure io le somiglio sempre di più.* Restavo ogni volta stupefatta di fronte a quei misteriosi meccanismi biologici.

Sulla parete c'era appesa un'altra foto: una donna di nome Megumi di cui papà si era innamorato alla follia. Sorrideva con un'espressione risoluta.

Con lei aveva addirittura tentato di risposarsi. Io in quel periodo facevo l'università e mi ero già trasferita a Tōkyō.

La loro storia era diventata così seria che un giorno me l'aveva fatta conoscere insieme alla figlia. Alla fine però Megumi non se l'era sentita di lasciare il marito, e la relazione con papà si era conclusa.

Megumi era di una bellezza incredibile. A tutt'oggi non penso di aver più visto una donna così bella.

33

Nonostante la mia giovane età, ricordo di aver pensato di capire papà. *Dev'essere così dura perdere all'improvviso la compagna amata, che se proprio uno deve trovarsene un'altra, anch'io ne sceglierei una come lei.*

Megumi aveva un portamento assai elegante, il fisico tonico, i capelli lisci che le arrivavano alla schiena, gli occhi espressivi che comunicavano grande forza di volontà e un sorriso radioso che infondeva sicurezza.

Mentre pranzavamo in un ristorante vicino al parco, ricordo di aver pensato che avrei approvato totalmente il loro matrimonio. Le chiesi che lavoro facesse e mi rispose di essere una veggente. La pregai allora di predirmi il futuro e lei, sorridendo, mi disse:

"Queste sono cose che non faccio a comando, tu però sei una ragazza così sincera, talmente sincera che mi sento comunque di darti un consiglio: circondati solo di persone che ti vogliono davvero bene. Sai, a questo mondo purtroppo c'è molta gente che se anche non è nata approfittatrice, lo diventa alla prima occasione. Se mai ti capiterà di perdere la testa per qualcuno, ricordati di non dedicargli mai tutto il tuo tempo. Sei una ragazza molto seria e purtroppo hai la tendenza a buttarti a capofitto nelle cose".

A pensarci adesso, ci aveva azzeccato in pieno. Io, però, quell'ammonimento non ero riuscita a seguirlo affatto.

Quando sentii quelle parole, di fronte a quel sorriso che sembrava proteggerti con tutta la sua sicurezza, ne uscii confusa, tanto da riuscire soltanto ad ammiccare a papà, come per dirgli che mi piaceva molto la sua compagna.

A differenza di Megumi però... sua figlia era un tipo strano. Al punto da suscitare soggezione. Era davvero una ragazza molto, molto particolare.

Non avevo mai incontrato una così. Aveva quattro anni più di me e non parlava mai. Si capiva subito però che non stava zitta perché era timida oppure perché era in lotta con il mondo intero. Nei suoi occhi leggevi un equilibrio non indifferente. Sembrava dire: *Sono qui perché mi va di esserci, non preoccupatevi di me, sto benissimo anche da sola.*

Pertanto, il primo pensiero che ebbi su Rumi fu: *Ma guarda un po' che tipa questa qui!*

Non che non avesse preso niente di bello dalla madre, la sua bellezza però veniva cancellata del tutto dalla stranezza del carattere. Gli abiti che portava non erano affatto bizzarri, e l'acconciatura dei capelli e il modo di truccarsi rientravano nella norma.

Eppure l'aura che sprigionava era completamente diversa da quella degli altri.

A prima vista aveva un aspetto normale, a guardarla con attenzione, però, ti accorgevi di non riuscire a vederla per niente. Era un condensato di bianco e di forme rotonde. Due grandi occhi con ciglia lunghissime, la bocca piccola, il nasino con la punta smussata, un po' di ciccia qua e là, dei polpacci tremolanti come dei *mochi*. La sua pelle era pallida, d'un candore anomalo. Infine aveva dei lunghissimi capelli neri che le arrivavano sino ai fianchi.

Chissà perché ogni suo movimento sembrava meticoloso.

Quando si puliva col tovagliolo, quando portava il cibo alla bocca con la forchetta, quando beveva oppure quando sembrava guardare in lontananza.

Tutti gesti che gli altri non avrebbero potuto imitare, mosse uniche che appartenevano solo e soltanto a lei. Ne rimasi stregata, lei se ne accorse e ridendo mi disse:

"Non ti andrebbe di andare a fare due passi noi due sole?".

La sua voce era molto bassa, con una dolce inflessione nostalgica.

"Dovete mettere a punto una strategia di guerra?" ci domandò Megumi e papà abbozzò un sorriso forzato.

Dopo di che noi due uscimmo nel parco.

"Come hai detto che ti chiami?"

"Hotaru."

"Io sono Rumi."

"Pensi che i nostri genitori si sposeranno?" le chiesi. Era l'inizio della primavera, le piante stavano incamerando il tepore della giornata e risplendevano d'un verde pallido.

Il sole illuminava il viale e gli alberi proiettavano a terra ombre delicate.

"Mah, non so. Papà adesso se n'è andato di casa, ma è un tipo molto cocciuto. Se però tuo padre dovesse riuscire a convincere mia mamma a divorziare, potrebbero anche arrivare presto al matrimonio" rispose Rumi.

E quando ci avvicinammo al laghetto, proseguì:

"Secondo te ci sono i *kappa* in queste acque?".

Imbarazzata, risposi:

"Mai visto uno".

Rumi allora fece:

"Io invece ne ho visti molti nei laghi su in montagna. Negli ultimi tempi però non se ne vedono più. Mi sa che si sono estinti qui in Giappone".

"Erano verdi e con la corazza?"

"Sì, ma erano piccoli."

"Non è che per caso hai visto delle semplici tartarughe?"

"No, no. Camminavano in piedi sulle zampe posteriori. Una volta poi che ero sola, me n'è venuto vicino uno."

"Sei amica di un *kappa*, allora?"

"Addirittura amica, no. Purtroppo" rispose Rumi.

Con un padre come il mio, credevo di essere abituata a parlare con persone eccentriche. Il suo livello di eccentricità però era davvero fuori dalla norma.

Anche dopo che Megumi aveva lasciato mio padre, continuai a chiamare Rumi di quando in quando. La loro rottura avvenne un anno dopo: come previsto, papà le aveva chiesto di sposarlo un po' troppo bruscamente, lei gli aveva risposto di no e la relazione si era conclusa in un mare di lacrime.

A proposito... Rumi abita in un paese qui vicino, potrei andare a trovarla, no? Saranno passati dieci anni dall'ultima volta che ci siamo sentite... proverò a chiamarla!

Me ne ricordai tutt'a un tratto.

Vivendo in uno stesso luogo per qualche tempo, pian piano tornano alla mente le cose passate, si comincia ad apprezzare i piaceri quotidiani e a relazionarsi con gli altri. A Tōkyō, soffocata dall'amore com'ero, avevo completamente dimenticato quanto bello potesse essere quel tipo di vita.

In altre parole, presa dalla mia relazione, non ero riuscita a fare nient'altro. Ero sbalordita di fronte all'enormità di ciò che mi ero lasciata sfuggire. E cominciavo a capire quanto difficile sarebbe stato ristabilirmi completamente. Una parte di me stessa si era alterata in un modo molto più grave di quanto mi fosse sembrato in un primo momento, e adesso avevo difficoltà anche soltanto a vivere.

Finite le pulizie, presi una birra dal frigo, e sgranocchiando un pezzo di parmigiano secco da cui avevo tolto la muffa, cominciai a pensare: poco alla volta ricordai di quando vivevo in quella casa con la mamma. La disposizione dei mobili era cambiata, solo il soffitto e il pavimento erano rimasti quelli di un tempo.

Osservando le macchie sulle pareti, tornai a vedere con gli occhi di quando ero bambina. Abbassai lo sguardo e i ricordi presero ad affollarmi la mente con la loro vivacità.

In quegli anni il nonno era ancora vivo, il paese era ancora il classico "paesino di campagna" e la gente lavorava nei campi ai piedi delle montagne. Non c'erano ancora né il supermercato, né la zona commerciale.

Subito mi tornarono alla memoria alcuni episodi legati al nonno.

A Tōkyō non mi era mai successo, lì invece, soltanto vedendo le montagne dalla finestra o sentendo la voce del fiume, i ricordi si facevano avanti senza essere richiamati.

Dopo la morte della mamma, quando il papà era via per lavoro e io rimanevo a casa sola, il nonno mi portava spesso a fare delle passeggiate, mano nella mano.

Ormai ero abbastanza grande e la cosa mi imbarazzava non poco. Bruciate dal sole, le sue mani erano tutte pelle e ossa. A volte, poi, con quelle stesse mani raccoglieva dei pomodori maturi nell'orticello dietro casa e mi invitava a mangiarli subito. Era una persona completamente diversa da papà.

Aveva il pallino degli alimenti naturali, coltivava lui stesso alcuni campi e viaggiava molto per portare avanti le sue ricerche sul caffè.

Quando ero a spasso con il nonno, la distanza tra il cielo e la Terra si riduceva e sentivo la sua mano sudare. Tuttavia il mio animo infantile, l'animo di una bambina impaurita per la scomparsa della madre, per quanto imbarazzato, mai avrebbe pensato di lasciare quella presa. Il giorno in cui il nonno fosse morto, non avrei voluto pentirmene. Anche se in quel momento provavo vergogna e il suo sudore mi infastidiva, anche se un giorno quel ricordo mi avesse assalita togliendomi il respiro, sapevo che alla fine sarei arrivata a considerarlo una cosa importante. Quelle del nonno erano un tipo di premure verso cui i bambini, soprattutto loro, sanno dimostrarsi particolarmente sensibili.

In quel periodo, aggrappata con forza a quel filo sottile che mi teneva legata alla realtà, riuscivo soltanto a procedere a tentoni.

Il senso di impotenza e di sfiducia assoluta stavano assumendo una forma concreta. Il peso dell'angoscia, poi, era diventato di un'intensità tale da temere di venirne schiacciata. Esattamente come non era possibile distogliere l'udito dal fragore del fiume, in quei giorni sullo sfondo della mia vita c'era sempre quel peso in agguato. Avevo costantemente la sensazione che di lì a poco sarebbe successa un'altra terribile disgrazia.

Non piangevo molto e le lacrime mi si erano depositate dentro.

Tracimavano dal mio animo, al punto che pure la mia voce risuonava strana. Aveva un tono nasale, tremolante, che dava l'impressione che fossi raffreddata.

In quei momenti, allora, correvo sulla sponda del fiume e, coperta dal rumore del vento, piangevo disperatamente. E così facendo, ritrovavo la forza per andare avanti ancora un po', per tornare a impersonare la ragazzina spensierata che faceva ridere il nonno, la nonna e il papà.

Il nonno... anche lui mi aveva lasciata.

Nel mio cuore non c'era più spazio per la tristezza, ogni cosa mi scorreva sulla pelle come l'acqua del fiume.

Come quel fiume da cui avevo sempre ricevuto conforto. La sua corrente portava con sé tutto quello che non riuscivo a dire a parole. Osservando le lacrime che scendevano lungo le pieghe della mia gonna, spesso mi chiedevo come fosse possibile che così tanto liquido fuoriuscisse dal corpo di un essere umano.

Quando piangevo troppo, il cielo si faceva stranamente più vicino e mi sembrava di riuscire a inquadrarlo meglio. La gola e il naso poi mi facevano male.

Tornai a quell'immagine, la stessa di qualche minuto prima, e ripresi coscienza.

Eh sì, adesso sto provando quello che si sente quando muore una persona cara: avverto una tristezza e un'oppressione tali, che per assurdo il mondo mi sembra stranamente più bello, e mi sembra di non sapere più cosa fare.

Il mio paese era carico del peso dei ricordi.

All'improvviso me ne resi conto: la separazione, quella vera, ossia la fine definitiva del rapporto sentimentale con una persona, era qualcosa di più vicino alla morte della morte stessa. Tutto sommato i ricordi della mamma e del nonno li sentivo ancora vicini, vividi al punto da riuscire a toccarli, quelli del mio compagno, invece, no. I ricordi dei miei cari, poi, mi proteggevano con tutto il loro calore.

Alzai lo sguardo verso il cielo azzurro e capii di non essere cambiata affatto da quando ero bambina. Una scoperta di cui mi meravigliai.

Come se nell'animo delle persone, il fulcro da cui scaturiscono i sentimenti non cambiasse mai.

Nonostante il tempo passato, Rumi era sempre la stessa. Sapevo che abitava da sola nel paese vicino e che non aveva cambiato numero di telefono, così fu molto semplice rintracciarla e andarla a trovare.

I suoi vivevano separati, ma non avevano ancora divorziato. Mi era giunta voce che sua madre adesso abitasse in Danimarca. E che come lavoro facesse sempre la veggente. Forse aveva assunto un interprete professionista. Conoscendola però, non mi sarei affatto stupita se mi avessero detto, invece, che aveva studiato il danese e che l'aveva imparato a tempo di record.

L'appartamento di Rumi era al terzo piano di un vecchio condominio. Sebbene fosse praticamente sommerso da libri, soprammobili e quant'altro, non aveva affatto l'aspetto opprimente. Anzi, era luminoso e l'aria che si respirava non era per niente pesante. Quando mi venne ad accogliere alla porta, ebbi l'impressione che fosse rimasta la stessa. Le sue misteriose forme minute e tondeggianti mi ricordarono quelle di una gatta cicciottella.

Mi offrì subito un tè squisito.

"Cosa fai per mantenerti?" le chiesi.

Il nostro rapporto d'amicizia, consolidato dalla possibilità che avevamo avuto di diventare sorelle, non si era allentato per niente. Potevamo domandarci tutto quello che ci passava per la testa.

"Faccio la maestra d'asilo" rispose lei e io rimasi a bocca aperta. Era un tipo di lavoro che non si confaceva affatto con il suo aspetto; se mi avesse detto che era diventata una chiromante, che lavorava in un negozio di animali o che vendeva vestiti, sarebbe stato più verosimile. Poi però mi guardai intorno e dovetti ricredermi: tra la montagna di libri letteralmente incastrati nella libreria ce n'erano moltissimi di pedagogia, oltre a testi su Steiner, la Montessori e le *free schools*.

"Lavoro in un asilo privato dove adottiamo il metodo Steiner. Mi piacerebbe aprirne uno anche in questo paese. Dove sono adesso non è male, però il giardino è praticamente inesistente. Io invece vorrei un asilo enorme, con il giardino tutt'intorno."

"Non avrei mai detto che avessi un sogno del genere."

"È un desiderio che ho da moltissimi anni, forse non te ne ho mai parlato perché non ne ho mai avuto l'occasione."

Rumi sorrise e proseguì:

"Sai, sono cresciuta sentendomi dire che non ero normale, così vorrei creare un luogo dove i bambini strani come me si sentano capiti. È un lavoro davvero impegnativo, ogni giorno succedono un sacco di cose e mi piace molto. Ci vuole anche molta energia a livello fisico, la stanchezza che provi alla fine della giornata, però, è piacevole. Sai, mi diverto perfino a vedere quanto gelose possano diventare le mamme se i loro figli mi si affezionano un po' troppo. I bambini impazziscono per le persone divertenti ma al tempo stesso calme, le mamme invece sono l'esatto contrario. Sono sempre di corsa, soprattutto quando vengono a prendere i bambini. Il trucco per farsi prendere in simpatia dai piccoli, sta tutto lì".

"Tu sei una persona molto determinata. Ti sei fatta da sola con una grandissima forza di volontà."

"Quando i genitori hanno la testa fra le nuvole, è abbastanza normale che vada a finire così. Io ho sempre desiderato trovarmi un lavoro e andarmene presto di casa. E tu invece, perché sei tornata al paese? Una delusione d'amore?"

A sentirmelo dire così a bruciapelo, quasi caddi dal divano.

"Come fai a saperlo?"

"Ce l'hai scritto in fronte!" fece lei.

"Ah, dimenticavo che sei figlia di una veggente" commentai con una punta di ammirazione.

"Guarda che hai la faccia di un fantasma. È come se non fossi qui davanti a me, sei quasi trasparente. Non ti preoccupare però: fra qualche tempo tornerai a occupare il tuo corpo e a vivere il presente."

Non mi andava molto che Rumi avesse liquidato otto anni della mia vita con una semplice battuta e così decisi di cambiare discorso.

"Oltre ai *kappa*, hai mai visto degli spiriti?"

"Ne vedo spesso, per esempio la sera lungo il fiume" disse lei con grande naturalezza. "Quello che mi è rimasto più impresso però è uno che vedevo da bambina."

Le chiesi di parlarmene e lei si mise subito a raccontare. Una storia molto strana.

Suo padre non era quasi mai a casa e sua madre era sempre a colloquio con gente in difficoltà che le chiedeva aiuto a tutte le ore del giorno e della notte. Quando Rumi tornava da scuola, l'atmosfera non era certo delle più accoglienti, così lei andava al cimitero. Buttava i fiori appassiti, puliva le tombe abbandonate, gettava le offerte votive che erano marcite e cambiava l'acqua nei bicchieri.

Neppure lei sapeva bene perché lo facesse.

"Forse perché, ignorata com'ero dai miei genitori, mi immedesimavo in quei poveretti che riposavano nelle tombe abbandonate."

Mi commosse sentirla confessare quella cruda verità. Comunque fosse, non sembrava portare nessun rancore nei confronti dei suoi, un atteggiamento davvero molto maturo. Capii che quello era il motivo per il quale mi era sempre sembrata più grande della sua età.

Proseguì il suo racconto dicendomi che al cimitero c'era un olmo sotto le cui fronde andava spesso a riposare.

Nel suo tronco enorme c'erano dei buchi in cui cresceva il muschio e le foglie erano così folte da oscurare completamente il cielo. Belle foglie dai bordi dentellati, attaccate fitte fitte ai rami. Innamorata di quelle belle forme, a Rumi piaceva moltissimo quell'albero.

E all'ombra di quello, incontrava sempre un ragazzo con il corpo per metà di un uomo e per metà di un olmo. La divisione non era netta: le parti erano fuse insieme nella confusione più totale. La prima volta che l'aveva visto si era spaventata molto, poi, però, si era abituata a quell'aspetto mostruoso.

"Sai, vedevo mia madre circondata in continuazione dagli adulatori, e in quel periodo le condizioni in cui lavorava non erano certo buone. Era oppressa dalle aspettative che gli altri riponevano su di lei. La gente si faceva avanti a frotte per spillarle qualsiasi cosa: soldi, talento, bellezza. Io sono cresciuta circondata da persone che all'apparenza sembravano belle, ma che in effetti dentro erano marce. Per cui credo di essermi abituata subito a quel ragazzo, perché sapevo che dietro quel suo aspetto terribile si celava un animo puro" disse Rumi.

Mi disse che le stava vicino immobile, senza dire una parola. Non dava l'impressione di essere un tipo pericoloso, tanto meno losco. Sprigionava soltanto un'aria di triste rassegnazione.

A lui faceva molto piacere vederla sistemare le tombe. Quella era una cosa che Rumi aveva capito molto chiaramente. Mi disse che stando seduta al suo fianco, si dimenticava della sua solitudine.

"Anche se ero ancora una bambina, sapevo bene che quando si sentono più o meno le stesse cose, si comunica meglio col silenzio" disse Rumi sorridendo.

Secondo lei a legare gli esseri umani non erano le parole, bensì tutto un insieme di sensazioni. E aveva capito che noi, in effetti, non facciamo altro che scambiarci una sensazione con l'altra.

A volte le era capitato di sognare quel ragazzo, e in sogno era venuta a conoscenza di molte cose sul suo conto. Accecato dalla follia amorosa si era suicidato ed era morto portando con sé un grandissimo odio. Tuttavia, consolato dai rami dell'olmo che cresceva vicino alla sua tomba, aveva ritrovato la pace e adesso, diventato un tutt'uno con quell'albero, proteggeva le persone che si smarrivano nel cimitero.

"Suicidarsi per una delusione d'amore? Tu sei morto perché sei troppo buono! Dovresti approfittare dell'odio che ti sei portato nella tomba, trasformarti in un fantasma e vendicarti di chi ti ha fatto soffrire" gli avrebbe voluto dire Rumi dall'alto della sua esperienza, vedendolo così tranquillo; però, pensò che forse fosse meglio così. In ogni caso, un giorno sarebbe comunque rinato in questo mondo.

"Mi raccomando però di non reincarnarti in uno dei figli che darò alla luce io! Sai, ho intenzione di sposarmi con un uomo molto ricco, e di avere dei figli che guadagnino bene e che mi mantengano. Uno bonaccione e ingenuo come te, proprio non lo voglio!" gli aveva detto Rumi in sogno e pareva che lui le avesse sorriso. Con una bocca senza bocca e degli occhi senza occhi. Lei aveva percepito quel sorriso in un modo inconfutabile, con quell'espressione affettuosa simile a quella di un genitore.

"Non lo vedi più quel ragazzo?" le chiesi.

"Qualche rara volta in sogno. Sapessi quanti sono i misteri che mi svela! Adesso però quando vado a fare quattro passi al cimitero non lo vedo più. Sai, l'olmo l'hanno tagliato qualche anno fa per fare spazio alla tomba di non so chi. E il mio amico è sparito. Hanno rivoltato la terra fino in profondità senza lasciare nemmeno una radice" disse Rumi.

"Che storia triste" commentai.

"Eh, sì. Lui per me in un certo senso è stato il mio primo amore" fece lei seria in volto. *Dopo un kappa, uno spirito per metà albero... Rumi, non è che per caso hai dei pessimi gusti quanto a uomini e ti innamori solo dei mostri?* pensai di dirle, ma tacqui. Lei proseguì:

"Persone o spiriti, è la stessa cosa. Se li ami troppo, va sempre a finire male. Sono sicura che prima o poi anche al mio ragazzo-olmo sarebbe scoppiato l'odio che portava dentro e mi avrebbe ferita. Forse però se l'avessi frequentato consapevole del rischio che correvo, avremmo potuto condividere parecchie cose. Le storie troppo belle finiscono sempre con un colpo di scena tragico. Il nostro rapporto però era diverso, perché tutt'e due portavamo nell'animo la stessa sofferenza, e quella era l'unica verità che contava".

"Ci vuole tempo, sai?"

"Esatto. Se non si riesce a vedere da angolazioni diverse anche nelle pieghe più profonde del carattere dell'altro, si cade nella trappola della 'storia esemplare' e ci si autoconvince di avere trovato un confidente fuori dall'ordinario."

"Come mai quel ragazzo non ha raggiunto il nirvana, con la bontà d'animo che si ritrovava?"

"Forse perché voleva osservare ancora un po' le cose di questo mondo. In compagnia di quell'olmo. Adesso però è di sicuro lassù in cielo. Sai, ho pregato molto per lui! Dentro di me una parte della mia vita si è fermata ai tempi di quella bambina solitaria che si prendeva cura dei morti al cimitero. Ai tempi in cui ero felice solo se mi trovavo in un mondo senza esseri umani, nel silenzio più assoluto. In un mondo in cui potevo quasi sfiorare il mio amico, l'essere che sentivo in assoluto più vicino. In un luogo in cui per me esisteva solo lui e per lui esistevo solo io" disse Rumi.

L'immagine triste della piccola Rumi e di quel fragile ragazzo che si era incarnato in un olmo per continuare a osservare il mondo dei vivi, mi si scolpì nell'animo.

Scese oscillando leggera fino a depositarsi sulle tristi acque limpide che occupavano il fondo del mio cuore.

"A proposito, ho visto per strada un ragazzo che mi sembrava di conoscere, ma non sono riuscita a ricordarmi chi fosse."

Ripensando a molte cose passate, mi era venuto in mente all'improvviso e così provai a parlargliene.

Il commento di Rumi fu:

"Dal tuo tono non sembrerebbe una questione di cuore".

"No di certo. Oltretutto non è affatto il mio tipo. Sono però sicura che siamo stati amici. Sento che è una persona che appartiene a un tempo remoto, avvolta nella nebbia della memoria."

Dopo aver sentito la storia di Rumi, il desiderio di riuscire a ricordarlo, però, si era ancora più accentuato. Vedevo in lontananza qualcosa color seppia, i lievi barlumi dei ricordi lontani, una luce fatta soltanto di impressioni.

"Forse è uno che hai visto in sogno" disse Rumi ridendo.

Fuori soffiava un vento freddo e impetuoso, dentro all'appartamento però si stava bene. La stufa infatti emanava un calore ideale. Dai vetri leggermente appannati, si vedevano i rami di un albero secco disegnare nell'aria delle fantasie elaborate. Il gusto dolce e quello amaro del tè si sposavano alla perfezione con quell'atmosfera.

Io ero seduta sul divano e Rumi coricata su un enorme cuscino appoggiato sul pavimento. Sulle ginocchia aveva un plaid di maglia davvero bello. Erano mesi che non passavo più dei momenti così rilassanti in compagnia di qualcuno. Anche se non eravamo diventate sorelle per davvero, anche se non avevamo mai abitato insieme, il semplice fatto che in passato ce ne fosse stata la possibilità aveva dato per sempre al nostro rapporto un tocco di nostalgia e una grande intimità.

"Verrò ancora" le dissi e mi infilai il cappotto. Quando uscii, si era già fatto buio. A occidente, delle nuvole splendevano nel cielo. Era piacevole sentire le guance bollenti rinfrescarsi, accarezzate dal vento gelido. Alzai lo sguardo e vidi la luce accesa del suo appartamento. Capii di venire protetta dalla suggestione del momento.

Pensai che la gentilezza disinteressata delle persone, le loro parole spassionate, fossero come un abito di piume. Avvolta da quel tepore, finalmente libera dal peso che mi aveva oppresso fino a quel momento, la mia anima stava fluttuando nell'aria con grande gioia.

Rividi quel ragazzo una notte, quando uscii a fare quattro passi sperando di ritrovare il sonno perduto.

Ogni volta che facevo un sogno triste, aprivo gli occhi digrignando i denti con il corpo tutto irrigidito.

In quella notte illuminata dal chiaro di luna, la montagna di scatoloni proiettava sul pavimento ombre simili a lapidi.

Mi svegliai con l'impressione che mi mancasse il fiato. Il mio gatto dormiva raggomitolato ai miei piedi. La trapunta era bella pesante per cui non avevo affatto freddo, nel magazzino però non faceva caldo per niente. Accesi la stufa, e feci bollire dell'acqua per il tè.

Con la sensazione di essere una criminale, anche senza aver fatto nulla di male.

Con la sensazione di aver perso qualcuno, anche senza che nessuno dei miei cari fosse morto.

Alzai lo sguardo e, attraverso una piccola feritoia, guardai la luna che splendeva nel cielo.

Era sempre stata lassù. La conoscevo bene, era la stessa che guardavo insieme al mio compagno. In quel momento però mi trovavo sola in una specie di magazzino, senza un vero lavoro, senza niente, in un luogo che apparteneva al passato... in una situazione che, sebbene a volte potesse sembrare liberatoria, in quell'istante era profondamente triste.

Quando mi chiedevo dove fosse finita la mia vita, il mio

cuore rispondeva che voleva tornare indietro, ai giorni che ne rappresentavano le fondamenta.

Odiavo le paranoie che avevano ripreso a ronzarmi per la testa e così aprii la finestra.

Tirai un respiro profondo e i polmoni mi si riempirono di aria gelida.

Un'aria pulita inimmaginabile per i parametri di Tōkyō. Un'aria che riuscì subito a riportarmi al tempo presente.

Lasciata la realtà del mio incubo, capii di essere finalmente tornata a quella attuale.

Dopo di che infilai il cappotto sopra il pigiama e uscii fuori. Volevo rinfrescarmi gli occhi che avevano pianto nel sonno e respirare ancora quell'aria fresca.

Era l'una di notte.

Il fiume era scuro da far paura e, a parte qualche luce che si vedeva qua e là dalle finestre delle case, il buio era praticamente pesto. Piano piano cominciai a sentire il fragore dell'acqua. Avvolto dalle tenebre, quel rumore mi risuonava nel fondo delle orecchie con un timbro cristallino.

Camminai lungo il torrente che confluiva nel grande fiume, attraversai il ponte, scesi sulla sponda e, sola in quel mondo silenzioso, presi a osservare il mio fiato che si condensava per il freddo.

Sebbene non avessi nessuna intenzione di andare lontano, passo dopo passo, tutt'a un tratto mi resi conto di essermi allontanata parecchio. In giro non c'era anima viva. Durante tutta la camminata avevo incrociato soltanto un paio di vagabondi.

È proprio un altro mondo rispetto a Tōkyō, pensai. Innanzitutto il cielo era completamente nero. Nella capitale invece era costantemente chiaro, di un grigio sfumato.

In lontananza, appesa alla scala esterna di un edificio, scorsi la luce rossa di una lanterna su cui c'era scritto *Rāmen*.

In tasca avevo il portafogli. *Anche se ho indosso il pigiama, basta che non mi tolga il cappotto. Quasi quasi mi mangio due* rāmen... A dire la verità, quello era un periodo in cui avevo poco appetito, quella notte però mi ero svegliata con una fame da lupi.

Salii le scale fino al primo piano e mi trovai davanti a una porta chiusa, una di quelle moderne di una qualsiasi abitazione privata. Leggermente disorientata, decisi comunque di suonare il campanello.

Dopo qualche secondo sentii dei rumori provenire dall'interno e un ragazzo, con la faccia ancora mezza addormentata, venne ad aprirmi.

Troppo intontita per avere la forza di stupirmi, riuscii soltanto a pensare quanto incredibili fossero gli scherzi del destino. Era il tipo che avevo visto per strada qualche giorno prima, quello che mi aveva ispirato una grande nostalgia.

"Volevo mangiare dei *rāmen*..." dissi io.

"Prego, prego!" fece lui accogliendomi con calore, nonostante l'avessi buttato giù dal letto. Aveva ancora i capelli tutti schiacciati da una parte. Entrai e rimasi di stucco. Più che un ristorante, era un normalissimo appartamento dove in un angolo era stato allestito un bancone per i clienti. Ci saranno stati cinque posti in tutto. Immaginai che dormisse nella stanza subito dietro al paravento che si vedeva.

Chiaramente, oltre a me non c'era nessun altro.

"Abbiamo gli *shio rāmen*, i *miso rāmen* oppure i *rāmen* misti" disse lui da dietro al bancone.

Poi si mise ad aprire dei sacchetti di plastica.

"Ma... ma non saranno mica dei *rāmen* precotti, vero? Quelli sono i Sapporo ichiban, no?" balbettai.

"Sì, sì. Però ci metto dentro i germogli di soia, un uovo e il burro. E una bella manciata di pepe e di sesamo" fece lui sorridendo.

"E quanto verrebbero?"

"Trecento yen."

"Allora, dei *rāmen* misti, per favore. Ah, e poi anche una birra."

Mentre lo dicevo in cuor mio pensavo: *Ma cosa m'è venuto in mente? Dei* rāmen *confezionati me li potevo benissimo preparare anch'io a casa! Questo qui non è molto normale, mi sa.*

Lui cominciò a muoversi di buona lena: prese da un piccolo frigo dei germogli di soia, all'apparenza freschi, e li mise a bollire. Dopo di che, sempre dallo stesso frigo, tirò fuori una lattina di birra bella fresca e me la diede.

E come stuzzichino, mi servì delle noccioline.

"Per me i *rāmen* più buoni in assoluto sono questi qui, i Sapporo ichiban. Ho deciso di aprire questo ristorante proprio per provare al mondo intero che ho ragione. Oddio, a dire la verità, tengo aperto solo quando mi capita."

"Ma davvero?" commentai io. "Ma sei senza licenza dunque?"

"È chiaro! Per me è solo un hobby" rispose lui ridendo.

Hai capito come stanno le cose... Ma in paese non ci sono gli yakuza *che pattugliano la zona? E la polizia, non passa mai?* mi chiesi sorseggiando la birra e sgranocchiando le noccioline.

"Il giorno che si lamenterà qualcuno, basterà che tiri via la lanterna che ho appeso fuori. Finché mi lasciano in pace, però, penso di andare avanti così" disse lui.

Quella sua maniera di parlare, la forma delle spalle, il modo di muoversi... *sono sicura: io questo qui lo conosco*, pensai. Tuttavia continuavo a non sapere dove l'avessi incontrato.

I *rāmen* furono pronti alla svelta. Tutto sommato fui felice della mia scelta, dovetti infatti riconoscere che, nonostante la sfiducia iniziale, non erano affatto male. E non soltanto per il pepe macinato non troppo fine, le verdure fresche o l'uovo, ma anche perché la stessa identica cosa ha un sapore migliore se ce la prepara qualcun altro.

"Abiti da queste parti? Non mi sembri una faccia molto familiare" mi chiese.

"Sono tornata a stare qui da qualche settimana. Sono la nipote della signora del Caffè Heidi" risposi.

"Ah, il posto del *cheese cake*! Oddio, allora sei la figlia di quel signore tutto matto!" fece lui e scoppiò a ridere.

"Perché, mio padre ti ha forse fatto qualcosa?" gli chiesi arrossendo all'istante.

"Fino a qualche tempo fa andava in giro per il paese con indosso un accappatoio bianco da folletto. E in viso il sorriso di uno che ha raggiunto l'illuminazione."

Me ne vergognai da morire.

"Tuo padre passa molto tempo all'estero, vero?"

"Sì" risposi. Ricordai che l'accappatoio da folletto non era niente rispetto al periodo in cui si era fatto prendere dalla meditazione e stava in perizoma dalla mattina alla sera, oppure a quando, convinto che purificasse il corpo, mangiava soltanto una specie di cavolo cinese e ne comprava dei quintali tutti i giorni, tanto da farsi prendere per pazzo dal fruttivendolo.

Un po' prima di finire i miei *rāmen*, si sentì suonare uno strano campanello. Io pensai che fosse arrivato un altro cliente, lui invece uscì dall'appartamento e scese al piano di sotto.

Lo aspettai per un po', dopo di che tirai fuori dal portafogli duemila yen, feci per lasciarglieli sul bancone, quando lui tornò di corsa.

"Scusami tanto. Sono seicento yen" disse con il fiatone.

"Tutto bene?" gli chiesi e lui rispose:

"A dire la verità mia madre non sta bené. Sai, non riesce a stare in piedi. Ti ricordi quell'incidente dell'anno scorso in cui è rimasto coinvolto un pullman?"

"Ah, quell'incidente terribile di cui si è parlato molto?"

L'anno prima, infatti, il consiglio di quartiere aveva organizzato con il paese vicino un viaggio alle terme. L'autista del pullman, che pare soffrisse di un grave disturbo psichico, si era buttato giù da una rupe con tutti i passeggeri a bordo. Alcuni di loro erano riusciti a telefonare col cellulare alle famiglie appena prima di morire, la notizia era subito rimbalzata dappertutto e ne era scoppiato un caso. Anch'io l'avevo saputo dai telegiornali e ricordo di essermi preoccupata all'idea che potessero essere stati coinvolti dei miei parenti o dei conoscenti. L'intero Giappone era rimasto sotto shock a sentire in tempo reale la voce di persone che andavano incontro alla morte. E a quella reazione, poi, aveva fatto seguito tutta una serie di mea culpa.

"Anche mia madre doveva prendere parte a quel viaggio, all'ultimo momento però non se l'è sentita e c'è andato solo mio padre. Aveva avuto una specie di premonizione e aveva cercato di convincerlo a non andare. Lui però non credeva in quelle cose, e così è morto."

"Oddio mio..."

"Lo shock è stato così grande che da allora è sempre a letto."

"Mi dispiace molto, ti faccio le mie condoglianze... Non credi allora che non sia il caso di perdere del tempo in un ristorante di questo livello?"

Per quanto sentissi di averlo conosciuto in passato, di solito non ero certo così sfacciata da avanzare critiche del genere a persone praticamente sconosciute, ma di fronte alla sua spensieratezza mi ero sentita tranquilla, convinta di potergli dire qualsiasi cosa senza il benché minimo problema.

Lui mi rispose così:

"A dire la verità io sono un maestro di sci. Nelle condizioni in cui si trova mia madre adesso, però, non me la sento di lasciarla sola tutto il giorno. Stiamo facendo insieme una specie di riabilitazione a livello emotivo e quindi non posso stare molto fuori casa. Per fortuna mio padre ci ha lasciato qualche soldino, così ho potuto prendermi un anno di aspettativa dal lavoro".

"Capisco..."

"Per me questo ristorante è uno svago. Abbiamo anche ricevuto una bella cifra dalla compagnia dei pullman e allora ho deciso che per quest'anno va bene così. La salute di mia madre conta più di qualsiasi altra cosa" disse lui.

La salute di mia madre conta più di qualsiasi altra cosa...

pensai che, per riuscire a dire una frase del genere così spontaneamente, bisognasse avere un gran cuore. Rispetto all'assurdità della tragedia che aveva colpito quella famiglia, i miei piccoli lamenti mi apparvero davvero insignificanti e la cosa mi fece sentire meglio.

"Verrò ancora a mangiare qui."

E appena prima che me ne andassi lui mi fermò con una domanda:

"Tuo padre si occupa anche dei traumi della sfera affettiva?".

"Sì. Non so esattamente quale sia la sua specializzazione, però so che ha studiato a lungo pure quelli."

"Mi piacerebbe potergli parlare. Se possibile, vorrei avere qualche consiglio su come relazionarmi con mia madre, con il suo modo di pensare."

"Nessun problema. Adesso papà è in America, non appena torna però mi faccio viva" dissi.

"Grazie!" fece lui sorridendo.

Mi scrisse il suo recapito. Si chiamava Ōtake Mitsuru. Come temevo, un nome che non mi diceva assolutamente niente.

Lo stomaco mi si era scaldato per bene, e grazie alla quiete dei momenti appena trascorsi, adesso anche l'animo si sentiva al calduccio. Nella vita terrestre molte sono le forme di sofferenza e il tempo passa e va. Anche se per un breve tempo, ero uscita dal mio piccolo mondo solitario ed ero venuta a conoscenza del dolore altrui. Una scoperta che nelle mie condizioni aveva dell'incredibile.

Da quel giorno Ōtake prese a venire nel nostro locale. Mi era capitato di entrare nel caffè e di trovarlo all'ombra delle orchidee intento a mangiare un *iwashi-don* della nonna.

Quando non parlava aveva l'aspetto di uno che aveva sofferto. I suoi occhi avevano occhiaie profonde e il suo silenzio era spaventosamente cupo.

Quando arrivavo io e lo salutavo, però, sulle labbra gli spuntava un sorriso da bambino. Un sorriso solare che mi tranquillizzava ogni volta.

Un giorno la nonna mi disse:

"Quello là, io l'ho già visto!".

Io strabuzzai gli occhi e le chiesi dove.

"Non so, ma in una situazione completamente diversa da questa. Come dire, la sua non è una faccia che ho visto per strada... sento di averlo conosciuto in una circostanza molto più importante."

La sensazione della nonna coincideva perfettamente con la mia.

Cercammo insieme di ricordare, ce la mettemmo tutta, ma non ci riuscimmo. Era come se gli dèi ci avessero bendato gli occhi, oltre a un certo punto non vedevamo più niente.

Di notte, quando mi svegliavo avvertendo un senso di oppressione, a volte mi veniva voglia di andare a mangiare i *rāmen*. Anche se non lo facevo davvero, mi bastava pensare:

Quasi quasi vado a piedi fino al ristorante... per sentirmi più serena e riprendere sonno.

Talvolta, nel buio, con il cuore che mi batteva forte per la paura, camminavo lungo il fiume e guardavo le stelle. Le gambe mi si irrigidivano per il freddo, il corpo però si scaldava piano piano. Alla fine poi scorgevo in lontananza la lanterna rossa.

Il mio rapporto con lui non vide nessuno "sviluppo" particolare.

Eravamo tutt'e due talmente stressati da non avere energie per quel tipo di cose. Cambiammo però il modo di chiamarci: io passai da Ōtake a Mitsuru, e lui a Hotaru.

Ero felice di essermi fatta un nuovo amico. A Tōkyō avevo sempre dato la priorità all'amore, tanto da non avere più desiderio di dedicarmi alle amicizie. Gli amici li incontravo nei ritagli di tempo e al massimo ci scambiavo due parole.

Invece, i momenti che trascorrevo nel suo ristorante improvvisato, mangiando quei *rāmen* precotti preparati con cura, erano una specie di conforto per me. Quando nel buio attraversavo l'ultima stradina e vedevo la sua lanterna, sentivo soffiare un'aria fresca, come rigeneratrice.

Anche nelle notti senza vento, quella vista riusciva comunque a tranquillizzarmi. Di quando in quando mi era capitato di incontrarci studenti, gente squattrinata oppure tipi con la faccia triste, tutte persone che avevano bisogno del tepore di quel piccolo rifugio.

Il mio ex compagno non era una persona particolarmente socievole e non aveva certo l'ossessione dei soldi. Era innamorato della natura del Giappone, visitava un paesino dopo l'altro e fotografava tutto ciò che di bello, come pure ciò che purtroppo non lo era più, trovava sul suo cammino.

Non si sarebbe però potuto mantenere soltanto con quel tipo di fotografie, per cui faceva anche dei servizi su commissione per conto di numerose riviste. In quelle occasioni gli facevo da assistente io, ed era per quello che mi ero autoconvinta di lavorare.

Tra le raccolte che aveva pubblicato, monografie in cui i paesaggi erano in netta prevalenza rispetto ai ritratti di persone, ce n'era una con una mia foto, una soltanto.

Un primo piano che mi aveva scattato sulla costa di Chiba, in cui sorridevo mangiando un'anguria. Con la fronte corrucciata in una smorfia per colpa del sole e la schiena tutta curva, ero brutta come non mai. Eppure ogni volta che me ne ricordavo, morivo dalla voglia di tornare a vivere quel momento. Mi guardavo allo specchio, e confrontavo il viso di allora con quello spento che ora mi ritrovavo davanti.

Provavo invidia per quell'espressione spensierata, per quei giorni fortunati in cui non sapevo quanto prezioso fosse il tempo che passava.

Il mio ex compagno mi aveva raccontato di aver deciso di

sposarsi fin dai tempi della scuola, e che con la moglie non aveva affatto un brutto rapporto. Era comunque triste perché lei, per colpa della sua salute cagionevole, non aveva nessun interesse per la natura e i viaggi. Nei posti più sperduti ci sarebbe comunque dovuto andare solo, ogni tanto però gli avrebbe fatto piacere condividere la bellezza del panorama con qualcuno. Dai suoi racconti avevo capito che i sentimenti che la moglie provava per lui erano autentici. Come pure il fatto che, per quanto lui restasse spesso fuori casa, l'atteggiamento sereno ed equilibrato che manteneva durante le lunghe attese non era mai cambiato. Avevo saputo che aveva partorito da sola nonostante le avessero detto che sarebbe anche potuta morire, e che da quel momento si era dedicata completamente al figlio. Immaginavo che il mio ex fosse triste perché si sentiva escluso da quel rapporto e che fosse quello il motivo per cui mi aveva cercata.

L'avevo conosciuto a un'esposizione dedicata a lui dove ero stata invitata da un amico.

Incominciavo a essere un po' stanca della vita di Tōkyō, e i miei occhi bramavano dal desiderio di vedere panorami autentici, con quella profondità particolare che si trova soltanto nelle campagne giapponesi. Le sue foto pertanto mi colpirono moltissimo. Lui era accanto all'ingresso con l'aria annoiata e io mi ero avvicinata per dirgli quanto apprezzassi il suo lavoro.

Una sua cartolina mi arrivò subito dopo quell'incontro.

Avevamo entrambi intuito di voler condividere i momenti importanti della vita.

"Ho capito che se me la fossi lasciata sfuggire, questa occasione se ne sarebbe andata per sempre. E allora ho deciso di afferrarla al volo, infischiandomene di tutto il resto" aveva detto lui.

Nel caffè dove ci eravamo visti la prima volta, ci tenevamo per mano e piangevamo. Per la felicità di esserci incontrati, e per la tristezza di quella situazione senza sbocco. Un sentimento forte che non ci permetteva di fare altro.

Sono sicura che ci saremmo sposati. Non l'avevamo potuto fare solo per colpa di un piccolo sfasamento temporale. Uno sfasamento però che era alla base di tutto quello che ci legava. Subito dopo esserci messi insieme, avevamo cominciato a girare per agenzie e a cercare un appartamento che lui avrebbe comprato con i suoi soldi. Io organizzavo gli impegni della mia giornata in modo da poter trascorrere più tempo possibile in sua compagnia. Lo contattavo via mail, ma al cellulare non lo chiamavo mai, anche se morivo dalla voglia di farlo. Insomma, avevamo messo a punto un sistema che ci avrebbe permesso di stare a lungo insieme. Per colpa di piccoli incidenti però... la parotite del figlio, la morte del suocero, o di altri avvenimenti imprevedibili, la grande tensione che ci aveva tenuti uniti si era sciolta nelle vicende quotidiane e alla fine il nostro rapporto ne era uscito sconfitto.

Una volta ero a letto quasi senza sensi con la febbre molto alta. Al punto da non ricordare chiaramente che il mio compagno fosse venuto a trovarmi per farmi prendere le medicine e per sbrigare le faccende di casa.

Quando mi ero svegliata la mattina, la febbre era scesa quasi del tutto.

Ma ieri è venuto davvero? Oppure me lo sono solo sognato? mi ero chiesta, poi avevo notato sul comodino una brocca con dentro dell'acqua e del ghiaccio. E un messaggio che diceva: *Se non ti scende la febbre, mi raccomando vai dal dottore!*

Ne avevo bevuto un bel bicchiere. L'acqua mi era sembrata buonissima, forse anche perché, con tutto quello che avevo sudato, ero un po' disidratata. Dopo di che, seppur barcollando, mi ero alzata.

Nel frigo avevo trovato della frutta già sbucciata e sul fornello un tegame con una minestra già pronta. I piatti erano stati lavati e il bucato steso. Vedendo la mia biancheria sventolare al vento, seppure gliene fossi riconoscente, mi ero comunque rattristata.

Avevo avuto la riprova che sua moglie fosse davvero molto debole, lui sapeva troppo bene quali erano le attenzioni che un ammalato avrebbe voluto ricevere.

Comunque quelle gentilezze erano state rivolte a me. A me soltanto.

Mentre mangiavo la minestra, mi commossi.

Quella era di sicuro una ricetta di sua madre, la ricetta di un piatto che per anni gli aveva preparato quando non stava bene. Io però non avrei mai avuto modo di conoscerla. La verità è che non sarei mai riuscita a prendere parte agli eventi importanti della sua vita.

Non mi era mai interessato sposarlo. Sono sempre stata un tipo realista, e non avevo il vizio di fare sogni impossibili. Eppure in quell'occasione avevo avuto la sensazione di capire in cosa consistesse davvero il matrimonio. E che dentro quella pentola enorme non ci fosse spazio anche per me. Per quanto bene andasse la nostra relazione, nella sua vita io non ero nient'altro che un fantasma che compariva di quando in quando.

Rumi aveva ragione: forse sin da allora ero davvero diventata un fantasma semitrasparente.

Mio padre mi telefonò e mi disse che sarebbe tornato in Giappone il mese successivo.

"Va bene. Vorrà dire che starò qui fino ad allora" risposi io e tirai un sospiro di sollievo. Adesso avevo una buona scusa per rimandare le mie decisioni.

"Nel magazzino, intendi?" mi chiese.

"È comodo, sai?"

"Sarà... per me faresti meglio a stare a casa nostra."

"Ogni tanto ci vado. Faccio le pulizie, mangio qualcosa e poi torno qui. Credimi, non si sta per niente male."

Mio padre, che da vero vagabondo sarebbe stato in grado di vivere ovunque, se ne fece subito una ragione. Tutto sommato fino a qualche giorno prima aveva soggiornato in un paesino sperduto dell'Alaska, mangiando soltanto pesce congelato, carne di foca e di chissà quale altro animale. Era stato lui stesso a raccontarmi quella storia. Aveva patito un freddo tale, da decidere di trascorrere qualche tempo al caldo prima di tornare in Giappone. Conoscendolo, doveva essere stato davvero un clima polare.

"Cambiando discorso, c'è un mio amico che ti vorrebbe parlare" gli dissi. "Quando torni, pensi che si possa organizzare un incontro?"

"Un uomo?"

"Sì, ma è davvero soltanto un amico. Ha perso da poco il

padre in quel famoso incidente del pullman, e sua madre non riesce più a riprendersi. Immagino che voglia raccontarti la sua storia e chiederti un consiglio sui centri dove poterla fare vedere."

"Finché si tratta di ospedali, dovrei essere in grado di dargli qualche consiglio. Va bene, allora. Digli pure che quando torno, lo vedo volentieri. Oppure, sai a chi si potrebbe chiedere aiuto? Ti sembrerà strano che lo dica io, ma ti ricordi Rumi? La figlia di Megumi?"

Megumi... nel momento in cui papà pronunciò il nome della sua compagna di un tempo, nella sua voce percepii una vena di rimpianto. Il grande amore di papà, la donna che era sparita come un miraggio, la maestra di vita che l'aveva lasciato dopo avergli insegnato un'infinità di cose.

"Anche quella ragazza ha dei poteri straordinari. Forse varrebbe la pena parlargliene. Non mi stupirei se dovesse avere un'opinione del tutto particolare in merito."

"Va bene, proverò a farlo. A dire la verità, l'ho vista qualche giorno fa. Mi ha detto che sua madre adesso vive in Danimarca e che non ha ancora divorziato da suo padre" dissi io.

"La cosa non mi riguarda più. Ormai per me lei è soltanto un bel ricordo" commentò papà.

"Va tutto bene con la tua nuova ragazza?"

"Sì, sì. Quando sono qui in America siamo quasi sempre insieme. È più o meno come se convivessimo."

Dopo la morte della mamma, con il carattere impulsivo che avevamo sia io che lui, eravamo andati ognuno per la nostra strada e la famiglia si era come sfaldata. Quando parlavo con lui, però, mi sembrava di tornare bambina. Dimenticavo del tutto quanto insignificante fosse stata la mia vita a Tōkyō, di cosa avesse voluto dire sentirsi senza via d'uscita, e avevo addirittura l'impressione che non mi fosse successo nulla di male. Forse proprio in quello consisteva la forza dei genitori, una forza calibrata nel tempo che mai sarebbe risultata opprimente.

"Ti vedo molto meglio!" disse Rumi dopo avermi guardata in faccia.

Quando le avevo telefonato mi aveva detto di non avere ancora pranzato, così le proposi di venire nel locale della nonna. Le offrii il pranzo del giorno, riso al curry, *cheese cake* e caffè, e mi sedetti con lei a un tavolo davanti alla finestra, anch'io come una cliente.

"Che odore di fiori che c'è qua dentro! Sembra di stare in un campo. Carino, però" disse Rumi mangiando il riso con grande minuzia. Il suo modo di mangiare meritava davvero di essere visto. Sebbene non fosse per nulla lento, ognuno dei suoi movimenti era stranamente meticoloso.

E per l'ennesima volta pensai che fosse una persona particolare. Indossava una camicetta molto femminile con dei piccoli ricami, un paio di jeans e una pelliccia ecologica.

Con i muscoli delle guance che tremavano a ogni morso, mangiava masticando a lungo qualsiasi cosa mettesse in bocca.

"Hai il ragazzo?" le chiesi. La volta precedente mi ero così impressionata per le sue storie che non ero riuscita a chiederglielo. La vista del suo appartamento, poi, era stata come un'indigestione di informazioni sulla sua vita.

"Sì. È in Danimarca" rispose lei sorridendo.

"Cooosa? Ma è danese?"

"No, è giapponese. È andato a fare uno stage in una *free school* molto famosa. Sta facendo una ricerca sui loro metodi didattici. Anche perché un giorno vorremmo gestire insieme l'asilo nido di cui ti parlavo."

"È un rapporto ben consolidato, allora" commentai ammirata.

"Direi proprio che è una cosa seria. Come sai, nella mia vita non ho mai avuto il tempo di prendere le cose alla leggera. Magari avessi potuto farlo! Sono diventata quella che sono come per reazione all'ambiente che mi circondava" disse con il sorriso sulle labbra. "Sappi che se un giorno dovessi cercare lavoro, sarai sempre la benvenuta nel nostro asilo."

"Grazie" feci io.

Non avevo mai pensato all'eventualità di prendermi cura dei bambini; ma in quel paesino tranquillo, e non in un angusto edificio della capitale, la cosa non mi sembrava affatto malvagia. Era comunque un'opportunità che mi sarebbe potuta tornare utile nel momento del bisogno. Ringraziai il destino per quel dono inaspettato. Il mio piccolo mondo, che a Tōkyō era stato completamente isolato dall'esterno, lì stava gettando ponti a destra e a manca e si stava espandendo giorno dopo giorno.

"A proposito, volevo sapere la tua opinione su quel ragazzo di cui ti parlavo la volta scorsa" le chiesi introducendo l'argomento.

Dopo di che le dissi che anche la nonna se lo ricordava vagamente e le spiegai un po' la situazione in cui si trovava al momento. Rumi mi ascoltò in silenzio continuando a mangiare il suo *cheese cake*, annuendo di quando in quando.

"A dire la verità, sento di sapere chi è. Voi due vi siete conosciuti in un luogo illuminato da una luce soffusa, vedo qualcosa che assomiglia a del ghiaccio" disse Rumi.

"C'era anche la nonna?"

"Direi di no. Lei non c'era, però vi guardava da lontano, con una certa trepidazione" disse Rumi come se stesse veramente vedendo qualcosa.

"Capisco... Pensi che riuscirò a ricordarmene prima o poi?"

"Sì, sì, non appena ti sentirai meglio. Adesso non hai le forze necessarie per leggere nei recessi della tua mente. Non devi cercare di sforzarti!"

"Grazie" risposi io. Il suo modo di parlare era pacato, per nulla concitato. Un modo che ti permetteva di provare un senso di gratitudine. Sua madre si era sempre presa cura dell'animo degli altri e aveva trasmesso quella sua capacità alla figlia. Senza mai arrivare a compromettere la propria integrità, loro due sapevano come infondere serenità a chi le circondava.

"A ogni modo, mi dispiace molto per sua madre" disse Rumi. "Ormai è sprofondata nel mondo dei rimorsi e non riesce più a venirne fuori. Immagino che sia un vero inferno doversi confrontare in continuazione con quei sentimenti. Al posto suo, una persona normale si sarebbe già suicidata. Lei invece ha scelto di percorrere quella strada piano piano, prendendo la situazione di petto. È stato un incidente davvero terribile. Prova a immaginare: il comportamento anomalo dell'autista era così evidente, che tutti si sono messi a chiamare a casa. Lui però se n'è accorto e si è buttato giù dalla scarpata. E i famigliari delle vittime hanno seguito la cosa in diretta dall'altro capo del telefono. Chissà l'angoscia che hanno provato quei poveri passeggeri."

"Si è salvato qualcuno?"

"No, sono morti tutti: vecchi e bambini. Il paese è rimasto sotto shock. Per qualche tempo, poi, ogni volta che passava un pullman ti assaliva una grande tristezza."

"Io ero a Tōkyō, ma ricordo ancora lo stupore che ho provato nel vedere tutta quella gente che conoscevo intervistata alla televisione."

Avevo seguito i telegiornali tesa al punto da provare un dolore fisico.

"Sono convinta che se le persone da piccole avessero la possibilità di dare sfogo ai loro problemi, diminuirebbe moltissimo la possibilità che possano verificarsi cose terribili come quelle. Quando invece uno diventa adulto portandosi tutto dentro, poi succedono cose di quel genere. È inutile: devo proprio aprire il mio asilo al più presto!" concluse Rumi avvolta dalla sua energia salutare. L'eleganza del portamento e il timbro squillante della voce erano identici a quelli di sua madre.

"Comunque sia, tu potresti tranquillamente fare la veggente" dissi io.

"Non riuscirei mai a eguagliare mia madre e fare la stessa cosa non mi interesserebbe per niente" Rumi sorrise.

All'alba dei miei ventisei anni, capii quanto fossi infantile. Nel periodo in cui ero stata capace soltanto di evitare gli altri, le uniche cose che avevo imparato a fare erano l'aiuto fotografo e la *nail art*, di cui avevo preso il diploma nel tempo libero. Durante quegli stessi anni però c'era stato pure chi come Rumi si era confrontato seriamente con le proprie ambizioni.

Ero stata un'ingenua. Dovetti ammetterlo, seppur con una punta di indulgenza. Certo, Rumi era diventata la persona che era, forse anche grazie a quello che aveva passato da bambina, e proprio perché era riuscita a superare le difficoltà dell'infanzia. Un periodo della vita in cui, per trovare un po' di conforto, si era ridotta a pulire le tombe degli sconosciuti.

Quando mia madre era morta, la gente intorno a me aveva cominciato a provare compassione nei miei confronti, e i nonni con me erano sempre stati troppo buoni. Mi ero abituata a venire assecondata in tutto e per tutto e da allora non avevo più cambiato quel mio atteggiamento egoistico.

"Tornando al discorso di prima, sono sicura che la mamma del tuo amico, se soltanto trovasse una motivazione per reagire, riuscirebbe a guarire. Basterebbe una cosa qualsiasi, anche per esempio una tua semplice visita. Forse la distoglierebbe dai suoi tormenti. Oppure qualcosa che la facesse ridere un po'. Oddio, le mie sono solo sensazioni, come ben sai non sono una professionista per cui non posso mai dire niente di certo. Secondo me lei adesso è come divisa in due: una parte di lei vuole lasciarsi morire e un'altra invece è attaccata alla vita, è consapevole di quello che sta facendo, e lotta disperatamente per trovare una ragione per combattere."

"Una ragione? Cosa intendi?"

"Che tu sappia, guarda la televisione?"

"Non so, però posso chiederlo al mio amico. Ma perché lo vuoi sapere?"

"Se la dovesse guardare, sarebbe bene che non lo facesse più. Nelle sue condizioni attuali, guardare la televisione la indebolirebbe ulteriormente" disse Rumi con lo sguardo di quando si fissa qualcosa in lontananza e il tono risoluto di chi ha guardato la verità negli occhi. A me non restò che accogliere il suo consiglio di buon grado:

"Va bene, glielo riferirò di sicuro".

"Per quanto riguarda il tuo amico, poi, anche se all'apparenza può sembrare una persona molto forte, secondo me ormai è sull'orlo del tracollo."

"Hai ragione. È proprio così."

"Se gli sei davvero amica, lo devi aiutare. E vedrai che alla fine anche tu ne trarrai beneficio."

"Va bene, lo farò."

Dopo di che Rumi si scusò ancora ripetendomi di non essere una professionista, e che avrebbe fatto in modo che il mio amico incontrasse sua madre non appena fosse tornata in Giappone.

"Non dimenticarti che devi anche farmi conoscere il tuo ragazzo, eh?" le ricordai e, giusto per curiosità, le chiesi se non avesse una sua foto.

Rumi arrossì un poco, e con una strana espressione accigliata in volto, ne estrasse una dall'agenda.

Era una foto in cui lei e il suo ragazzo, un tipo alto e ben piazzato dall'aspetto gentile, sorridevano sullo sfondo di una gelida strada danese. Esattamente in mezzo alla via affollata dove si trova il negozio della Royal Copenhagen, alle loro spalle si vedeva la vetrina con quelle famose porcellane blu a fiori in bella mostra.

Esposti al freddo di quell'aria tersa, si tenevano stretti stretti a braccetto, coperti dai loro pesanti cappotti. Coltivando con grande serietà l'amore rinforzato dalla distanza, sorridevano con lo sguardo di chi si è ritrovato dopo molto tempo.

La vista di quella coppia mi scaldò il cuore.

L'inverno sarebbe durato ancora parecchio. Dalla finestra si vedeva un cielo plumbeo pieno di nuvole. In quel locale che assomigliava a una serra, in quell'ambiente caloroso in cui oltre a noi due c'era soltanto un gruppetto di clienti che si confidava con la nonna, ebbi l'impressione che il tempo fosse tornato indietro. Io e Rumi eravamo di nuovo bambine e per un attimo rivissi l'emozione di dovere diventare presto sorelle. Un'emozione trepidante, velata da un leggero fastidio.

Sulla via del ritorno Rumi mi disse:

"Dei piccoli guanti... ti dicono qualcosa?".

"Dei guanti? E perché mai?" le chiesi stupita. "No, proprio non mi dicono niente."

Era vero, non mi dicevano niente, eppure un'immagine mi balenò subito per la testa. Dei piccoli guanti da bambino bianchi e rossi.

"Non so perché, ma mi sono venuti in mente adesso, così, all'improvviso. Mi sa che quei guanti riuscirebbero a far sorridere la mamma del tuo amico" disse Rumi. Dopo di che mi salutò e se ne andò attraversando il ponte.

Trovavo molto divertente dormire nel magazzino. Avevo comperato un tavolino e poco alla volta cominciavo a sentirmi a casa. Ero tornata al paese soltanto con una valigia di roba, per cui presto mi trovai a corto di vestiti. Così avevo preso qualcosa dal vecchio armadio della mamma, e poi ero andata a fare un po' di shopping nella città vicina. In men che non si dica ne avevo accumulati talmente tanti da non sapere più dove metterli. Il *futon* su cui dormivo era davvero sottile, tanto che spesso mi svegliavo con il torcicollo.

Ricordavo molto bene le parole di Ōyama Masutatsu* secondo le quali più dura è la superficie sulla quale si dorme, più ci si tempra e si sta bene di salute. Per cui, chiedendomi perché mi succedesse una cosa del genere, un giorno andai al supermercato a comperare un materassino.

I miei oggetti aumentavano sempre più e io avevo la sensazione che la mia nuova vita fosse finalmente cominciata.

Camminavo per strada con il collo indolenzito e il materassino sottobraccio. Non che fosse particolarmente pesante, ogni tanto però avvertivo una fitta ed ero costretta a fermarmi. Era ancora pieno inverno, sotto al cappotto, però, ero madida di sudore. Dal fiume soffiava un vento davvero piacevole.

* Ōyama Masutatsu (alias: Mas, 1923-1994): karateka giapponese di fama internazionale. [*N.d.T.*]

Tutt'a un tratto sentii il clacson di un'auto, lì per lì mi chiesi se non fosse un marpione e invece vidi Mitsuru al volante. Guidava un enorme fuoristrada con le quattro ruote motrici, di quelli con cui si può andare sulla neve.

"Vuoi un passaggio?" mi chiese e io accettai volentieri.

Aveva un bell'aspetto: ascoltava la musica e canticchiava una canzone.

"Come sta tua madre?"

"Ormai non si alza quasi più dal letto. Qualche giorno fa ho chiamato il medico e gli ho chiesto di farle una visita completa. Pare che le sia venuta una specie di muffa sul corpo. Può succedere, sai? Io vado spesso a cambiarle l'aria in camera, ma è successo lo stesso. Le è anche venuta una piccola piaga da decubito... Pensa che praticamente ogni giorno viene una nostra parente e, quando la mamma proprio non se la sente di fare il bagno, lei la lava con un asciugamano bagnato."

"Riesce a stare seduta e a entrare nella vasca da sola?"

"Dipende, quando sta un po' meglio, sì. Lei vorrebbe farlo, ma le costa una fatica terribile perché è come se il corpo non rispondesse ai suoi comandi. Negli ultimi giorni poi non parla quasi più. Dorme sempre."

"Certo che per voi famigliari deve essere una bella sofferenza..."

"Cerco di parlarle di molte cose, ma il più delle volte è come se fosse in un altro mondo, non è presente. Forse è davvero in un altro mondo. Probabilmente si sta sforzando di guarire le sue ferite come fanno gli animali selvatici. Non mi sarei mai aspettato da mia madre che potesse sopportare una sofferenza del genere. Spero solo che non vada avanti così troppo a lungo. Come sai, in natura gli animali, se non riescono a guarire da soli, si lasciano morire."

Gli parlai della televisione.

"Ce l'ha accesa dalla mattina alla sera, figurati che vado a spegnergliela io quando finisco di lavorare. Hai ragione: i programmi della televisione vanno avanti imperterriti per la loro strada e ti lasciano sempre più inerte. Posso dirle che si è rotta e che ne devo comprare un'altra, oppure che la vogliono vedere i clienti del ristorante. Comunque sia, proverò a toglierglila dalla stanza per qualche giorno."

Mitsuru assunse un'espressione più sollevata.

"Se vuoi un giorno posso stare io con lei e tu puoi andare, che ne so, a farti una sciata..." gli proposi.

"Sei molto carina, ma proprio non me la sentirei di chiederti un favore del genere. Figurati che non lo chiedo nemmeno ai nostri vecchi amici, perché non ho piacere che la vedano ridotta così."

"Non c'è nessun problema: basta che mi lasci il tuo numero di cellulare e il recapito della vostra parente. Non ti devi fare scrupoli con me, proprio perché io non sono una vostra vecchia amica. Tutto sommato io non ho mai visto tua madre quando stava bene, no?" gli dissi.

Mitsuru tacque per qualche secondo, osservando le montagne innevate in lontananza. Anch'io lo percepii. Quel suo desiderio, quella sua brama.

Scendemmo dalla macchina, lui tirò fuori con attenzione il mio materassino che era sul sedile posteriore e lo portò fino all'ingresso del magazzino. Da quei suoi movimenti delicati, così come dall'aspetto curato delle piante che aveva in casa o dal fatto che nei *rāmen* mettesse soltanto germogli di soia freschissimi, si capiva la buona educazione che aveva ricevuto.

Intuii addirittura che sua madre fosse una persona a modo, e che i suoi genitori, pur nella loro semplicità, erano stati degli educatori encomiabili.

"Grazie mille. Ci penserò" disse lui. Dopo di che salì in macchina e prima di andarsene aggiunse:

"Se anche non dovessi chiederti il favore, comunque, sappi che mi è bastato sentire la tua proposta per sentirmi meglio, come se fossi già andato a sciare".

Un giorno, durante la pausa pomeridiana, presi un *cheese cake* e andai a trovare la mamma di Mitsuru. Un po' perché non avevo altri impegni particolari, un po' perché non mi piaceva fare promesse a vuoto: tutto sommato io e lui non eravamo fidanzati e ci tenevo a comportarmi correttamente.

Prima però mi accertai che anche lui fosse in casa.

Mitsuru mi aprì non dalla solita porta del ristorante, ma dall'ingresso principale al piano terra.

"A tua madre non darà fastidio vedere gente?" gli chiesi.

"Nessun problema. Ogni tanto passa a salutarla qualche amico o parente" mi rispose. "È da tre giorni che non guarda la televisione perché le ho detto che si è rotta e la cosa sembrerebbe funzionare. Sta sveglia più a lungo."

Per lui la madre malata non era affatto un peso, accettava la situazione per quello che era cercando di starle il più vicino possibile, una cosa che gli faceva davvero onore. Un atteggiamento che per me aveva dell'incredibile.

Di solito, invece, i famigliari non vedono l'ora, anche solo per egoismo, che i loro parenti ammalati guariscano al più presto, perché ritengono che la salute sia l'unica vera condizione di vita accettabile. Invece lui non era così, in lui non c'era nessuna traccia di impazienza. Si avvertiva, al contrario, una sorta di rassegnazione.

Chissà se riuscirei anch'io a essere così fatalista... Se mi fossi fatta forza, forse mi sarei potuta rendere utile in qualche modo, sentivo però che non sarei mai riuscita a rispettare un ammalato fino a quel punto. Mi sarei di sicuro fatta influenzare dalle idee imposte dalla società, dai segnali di una guarigione che doveva essere raggiunta, sempre e soltanto, secondo delle terapie prestabilite.

Di sicuro avrei provato piacere nel vedere un parente malato mangiare con appetito e una sua manifestazione d'affetto mi avrebbe resa felicissima, ma nei momenti più difficili probabilmente avrei perso la calma credendo di impazzire. Avrei pensato soltanto a quello che di peggio sarebbe potuto succedere, pur sapendo che era una cosa senza senso.

Ora il mio animo era troppo turbato per mettere in pratica delle decisioni, per concentrarsi. *Ma che diavolo sto facendo? Non è certo il caso di essere depressi, io posso ancora cambiare!* Anche senza arrivare a parlarne, Mitsuru, da vero amico quale era, aveva permesso che realizzassi la cosa.

In un ripostiglio posto a lato dell'ingresso vidi sci, scarponi e altre attrezzature all'apparenza inutilizzate, e mi rattristai un poco.

"Pattini anche sul ghiaccio?" gli chiesi all'improvviso.

"Sì. Figurati che quando ero piccolo volevo diventare un pattinatore professionista. Adesso però che sono maestro di sci e ho le piste a due passi da casa, non pattino quasi più. Perché ti interessa?"

"Niente di particolare, mi è soltanto venuto in mente, così" risposi io.

Mitsuru aprì il *fusuma* della camera di sua madre chiedendo permesso.

Era una stanza buia che sapeva di umido. Intrisa dell'odore e della tristezza di chi vi dormiva. Sua madre era rannicchiata, piccola piccola, su un *futon*. Quando Mitsuru spalancò tende e finestre, lei strizzò gli occhi. Evidentemente indebolita, magra come un chiodo e con le unghie molto lunghe, aveva il pigiama tutto macchiato e sbottonato all'altezza del seno.

In un angolo della stanza finalmente illuminata vidi un altarino buddhista e la foto del padre di Mitsuru che gli assomigliava moltissimo.

"Lei è la mia amica Hotaru. È la figlia di quel professore strano, e la nipote di quella signora del caffè del *cheese cake*. A proposito, ce ne ha portato uno, ne vuoi un po'?"

La signora ridendo rispose: "Magari dopo". Poi guardandomi negli occhi aggiunse: "Sai, mi ci vuole tempo. Mi ci vuole tempo per fare qualsiasi cosa. Però sto bene, l'unica cosa è che mi ci vuole tempo".

Parole sincere prive di qualsiasi convenevole. L'unica cosa che riuscii a fare fu annuire. La mamma di Mitsuru aveva detto in tutta onestà quello che pensava; qualsiasi commento avessi fatto, sarebbe suonato inutile.

"Se vai avanti così, però, mi sa che presto non ti reggerai più in piedi del tutto" disse Mitsuru prima di andare a preparare il tè.

"Spero di non averla disturbata con questa mia visita. Le porto i saluti da parte di mia nonna" dissi io.

"Se adesso mi sforzassi di alzarmi, sono sicura che dopo mi sentirei completamente sfasata, per cui cerco di starmene buona il più possibile. Guarda che va tutto bene! Mitsuru è molto preoccupato per me e mi accudisce dalla mattina alla sera, io però so che è tutto sotto controllo" disse la signora.

Dalla sua voce fioca, si intuiva che anche le forze per parlare fossero ormai agli sgoccioli.

"Si prenda pure tutto il tempo che vuole. Se c'è qualcosa in cui posso rendermi utile anch'io, dica pure." Fu l'unico commento che riuscii a fare. Capii che lei, al contrario di me che sfuggivo la realtà, stava affrontando la situazione di petto, forse fin troppo. Seppur con le unghie lunghe, l'aspetto emaciato e i capelli secchi e non troppo puliti, la mamma di Mitsuru lottava per mantenere integra la sua persona.

All'improvviso dai suoi occhi scesero due lacrime trasparenti, io allora le presi una mano e gliela strinsi.

"È stato mio marito a volermi sposare, devo ammettere però che era una persona splendida, gentilissima. Ci siamo sempre divertiti molto, poi abbiamo avuto un figlio e abbiamo vissuto una vita da sogno" disse la signora chiudendo gli occhi. Poi la sentii respirare profondamente e immaginai che si fosse addormentata.

"Si è addormentata? Beh, allora ci conviene andare di là a bere il tè" disse Mitsuru che era tornato con il vassoio in mano.

Io mi asciugai velocemente le lacrime che nel frattempo erano scese anche a me e mi alzai. Mitsuru appoggiò una tazza di tè vicino al *futon* della madre, uscì dalla stanza e piano piano chiuse il *fusuma*. Con la stessa delicatezza con cui si afferra al volo una piuma caduta dal cielo.

"Mi sa che oggi ha già esaurito tutte le forze" disse sorridendo.

"Credevo che non fosse consapevole della propria situazione" commentai io sorseggiando il tè.

"Eccome se lo è! Ed è per questo che non riesco a chiederle di reagire."

Poi aggiunse che lui, anche se si stava bruciando un inverno intero, avrebbe potuto rifarsi l'anno dopo, di certo le piste da sci non sarebbero scappate.

"E tu, Mitsuru, hai la ragazza?" gli chiesi.

"Quando le cose si sono messe male a casa, mi ha lasciato dall'oggi al domani. Figurati che ormai eravamo insieme da cinque anni e pensavo di sposarla."

"Forse la si può comprendere, no? Con il rapporto che hai adesso con tua madre, immagino non ci fosse posto per lei, no?"

"Già, mi ha piantato proprio per quello" disse Mitsuru ridendo e così mi misi a ridere anch'io.

Inclusa la sottoscritta, le persone in quella casa stavano attraversando un periodo di stasi. Una condizione che creava per assurdo un'atmosfera stranamente piacevole. Vivevamo con grande naturalezza, accovacciati come degli orsi in letargo. La confusione del primo piano trasformato in ristorante, il bucato dimenticato ad asciugare, l'attrezzatura da sci lasciata inutilizzata, le foglioline di tè attaccate alla tazza... tutto indicava un'armonia davvero particolare.

Questa è l'unica cosa che mi riesce di fare al momento... Le parole della mamma di Mitsuru avevano un grande peso. Lei non stava certo lasciandosi andare, anzi ero sicura che stesse valutando molto bene quello che faceva.

"Vedrai che tua madre presto si deciderà a reagire e tornerà a stare bene."

"Non sono preoccupato per la sua salute mentale, ma per quella fisica. Mia madre è sempre stata una persona con una grande volontà e una forza d'animo incredibile. Purtroppo però non ha mai voluto accettare il fatto che il suo fisico invecchiasse. Sai, io mi guadagno da vivere sciando, per cui è una cosa che so molto bene. Il nostro corpo si muove di pari passo con l'animo e ci trasmette un tipo di energia molto particolare. Quando l'animo si indebolisce, se ci dedichiamo subito all'attività fisica, possiamo garantirci un minimo di salute. Se invece non mettiamo in moto nessuna funzione fisica e ci occupiamo solo dei problemi dell'animo, proprio come sta facendo mia madre adesso, allora l'indebolimento è totale. Spero solo che mia mamma non arrivi a un punto di deperimento tale da non poter più tornare indietro. È questa l'unica cosa che mi preoccupa davvero. Le persone forti di testa, fintanto che tengono ben salde le redini dello spirito, credono di poter tenere sotto controllo anche il fisico e se ne beffano. Poi, invece, superato un certo limite, va a finire che il decadimento del corpo intacca la salute mentale."

"Evidentemente tua madre non ha voluto garantirsi quel minimo di salute fisica di cui parlavi."

"Forse sta facendo come quei monaci che diventano Buddha ancora da vivi. Spero solo che non stia troppo a rimuginare la cosa. Se dovesse morire così, non riuscirei a darmi pace. Il più delle volte sono ottimista e mi dico che tutto si risolverà a breve termine, quando penso al peggio, però, mi viene una tristezza spaventosa."

"Vedrai che presto tornerà a nuova vita. Adesso è come in uno stato ninfale, è tutta concentrata in se stessa."

Mitsuru annuì e, con la faccia di chi ricorda cose non molto piacevoli, prese a raccontare:

"La mattina dell'incidente mia madre era già pronta per uscire quando all'ultimo momento ha cominciato a dire di avere mal di testa. Non puoi immaginare come abbia scongiurato mio padre di stare a casa. Lui però aveva deciso di partire anche da solo, perché ormai era d'accordo con un amico. Mia madre allora si è messa a piangere come quelle bambine che fanno i capricci nei negozi. Hai presente quelle che si disperano gridando: 'Lo voglio, lo voglio!'? Ecco, uguale. Tirava mio padre per il braccio, si buttava a terra, gli diceva che doveva portarla subito al pronto soccorso perché l'emicrania la stava uccidendo. Una scena straziante, non la dimenticherò mai. Certo, quello che è successo dopo qualche ora è stato ancora peggio... A ripensarci adesso, secondo me quella mattina i miei stavano già subendo il magnetismo distruttivo di quello psicopatico dell'autista. Ormai non erano più in grado di liberarsene. Tutto il paese era già sotto l'influsso di quell'animo malvagio e l'atmosfera era davvero opprimente. Era come se tutti sapessero quello che sarebbe successo, ma non potessero farci niente, rassegnati alla loro sorte. Dentro quello strano campo magnetico, l'intuito di papà ormai era annientato. Si è impuntato dicendo che ci sarebbe andato anche da solo, ha convinto mia madre a farsi portare all'ospedale da me con la gentilezza di un padre verso una figlia, e se n'è andato".

"È proprio per quello che tua madre si sente in colpa, no?"

"Prova rimorso per non esserci andata insieme."

"Se l'avesse fatto però tu saresti rimasto solo" dissi io e Mitsuru mi guardò con lo sguardo meravigliato.

"Hai ragione. Forse è stato meglio così, no?" commentò. Come se lo tormentasse l'idea che forse avrebbe dovuto fare in modo che sua madre lo seguisse. Quella famiglia aveva un modo di vedere le cose molto particolare, un modo verso cui provavo ammirazione.

"Mi rendo conto che è una cosa assurda da dire, in casa mia però abbiamo sempre avuto un legame molto strano con i pullman. Mia nonna stava tutto il giorno alla stazione degli autobus e dava l'impressione di essere lì per allontanare dal paese le persone non gradite. A volte ho pensato addirittura che forse a qualcuno, o a qualcosa non so, non piacesse quella sua specie di missione e che abbia voluto vendicarsi con noi per riequilibrare le sorti del destino" disse Mitsuru.

In quell'occasione non riuscii a capire bene il significato della sua frase, per cui feci un commento del tutto fuori luogo.

"Non c'è dubbio che il destino sia molto importante e sono certa che esista anche una sfera negativa. Però, scusa, non sono mica morti tutti quelli della tua famiglia, no? Tua madre è viva e sta molto meglio di quanto pensassi. Forse ci vorrà del tempo, ma vedrai che tornerà a essere la persona che era."

"Ti confesso che quando stava tutto il giorno davanti alla televisione, ho temuto il peggio" disse Mitsuru.

"Anch'io ho vissuto un'esperienza simile, sai? È una dipendenza vera e propria. Al mattino ti svegli e per prima cosa accendi la televisione. E in men che non si dica, hai già perso tutta la giornata" dissi io.

Si trattava di una sorta di stato patologico in cui ero precipitata subito dopo essere rimasta sola. Durante la giornata non vedevo nessuno, prima di andare a letto, però, avevo la testa piena di facce e di voci. Non facevo nessun tipo di attività fisica, eppure mi sentivo stremata. I momenti di silenzio erano molto duri da sopportare, la musica però mi riportava alla mente troppi ricordi. I programmi televisivi, invece, più erano stupidi, più era facile seguirli. In quei frangenti diventavo come un insetto praticamente senza cervello, con il corpo a imbuto e gli occhi incollati allo schermo. Avevo così poche forze da credere che quella pseudo attività, piuttosto che starmene a letto al buio, fosse già un successo.

Mitsuru mi chiese se avessi voglia di mangiare dei *rāmen*. Non immaginando che, con l'inconscio imprigionato nei tristi meandri della memoria, mi si era oscurata la vista per un istante. Ormai però la mia pausa era quasi finita, per cui lo salutai e tornai a casa.

Quando uscii, l'acqua del fiume splendeva e il vento faceva oscillare l'erba, come se niente fosse stato. I volti dei passanti e di quelli che mangiavano all'aperto sembravano addirittura brillare.

Una vista che ormai mi appariva bella nel suo insieme. Verso sera, con i raggi di un sole che sprigionava le ultime energie, gli uomini portavano a compimento le attività quotidiane godendosi quel dono della natura. Qualcosa che sulle sponde di quel grande fiume era sempre successo fin dai tempi antichi, fin da quando era nata la civiltà. Esposti con i loro piccoli corpi a quell'energia, gli uomini conducevano le loro vite fintanto che la sera il sole non saliva su una carrozza dorata e spariva nel cielo d'occidente. Tutto fluiva con naturalezza e in quel succedersi degli eventi si affollava una molteplicità di aspetti diversi: l'energia vitale scendeva dall'alto, si frammentava, si scontrava e affondava nella terra generando turbini violenti.

Uno scorrere delle cose che per la mamma di Mitsuru, nelle sue condizioni attuali, era troppo veloce, troppo violento, troppo abbagliante.

"Sai che mi è venuto in mente dove ho visto quel ragazzo?"

Nel giorno di chiusura settimanale del caffè, ero andata a fare un'escursione con la nonna alle terme vicine al nostro paese.

Lo disse all'improvviso, dopo esserci scaldate per bene nelle acque termali. Stavamo bevendo del tè freddo nel corridoio della struttura, godendoci la vista delle montagne offuscata da un velo di malinconia.

"Chi? Mitsuru?"

"Sì, proprio lui. Ti ricordi quando da piccola ti era venuta la polmonite e stavi per morire?"

"Sì, me ne avete sempre parlato così tanto. Io allora però avevo cinque anni, per cui non ricordo molto bene."

"Ti avevano portato all'ospedale per un'insufficienza respiratoria. La tua mamma era salita con te sull'ambulanza, io invece sono venuta dopo in macchina con il tuo papà."

"Davvero?!"

E per la nostalgia mi commossi ancora.

Ricordavo chiaramente il volto della mamma mentre mi assisteva.

"In quell'occasione, per la prima volta nella mia vita ho avuto un'allucinazione." La nonna era ancora giovane, papà infatti l'aveva avuto da ragazzina. Negli ultimi anni però le si erano rilassati i tessuti delle palpebre e sulle mani le erano venute delle macchie molto evidenti. Io mi sentivo come Urashima Tarō,* o forse sarebbe meglio dire che capivo di essere praticamente morta a metà. Di rimpianti non ne avevo nonostante fosse moltissimo tempo che non mi godevo più il panorama seduta al fianco di qualcuno che amavo.

L'amore era una cosa meravigliosa. In quel momento, però, dovetti ammettere che il mondo era composto da qualcosa di molto, molto più complesso.

"Quando abbiamo imboccato il ponte sul fiume, l'argine sottostante era illuminato a giorno. O almeno così sembrava a me. Era animato come un campo da baseball durante una partita notturna. Ho aguzzato lo sguardo e ho visto un gruppo di persone in riva al fiume. Vecchi, bambini, mamme con in braccio dei neonati, uomini e donne di tutte le età che avevano l'aria di divertirsi un mondo."

"Non è che magari era soltanto delle gente che faceva quattro passi?" le chiesi. Tutto sommato aveva descritto una scena che capitava spesso di vedere anche in inverno. In paese chiunque volesse distrarsi un po', andava a fare una passeggiata su quell'argine.

"Non penserai che sono già rimbambita, eh? Ti dico che ho visto qualcosa di strano. Figurati che c'era una pista di pattinaggio!" disse la nonna con una punta di imbarazzo.

"Beh, quella proprio non c'è! Non ci sono dubbi."

Sotto il ponte c'era soltanto un comunissimo argine.

"Mi sono accorta che stavo sognando a occhi aperti. La luce brillava sfumandosi e c'era un'atmosfera particolare: la gente riunita a capannello sembrava felice e sorrideva in modo esagerato. C'era chi pattinava e chi no. Un ragazzo poi ha indicato qualcosa sull'altra sponda del fiume e gli altri si sono messi a guardare, sempre con l'espressione sorridente...

* Urashima Tarō: personaggio leggendario protagonista di una delle favole più conosciute in Giappone. Tornato al proprio paese convinto di aver vissuto non più di tre anni in un palazzo sotto il mare, Urashima Tarō si rende conto invece che sulla Terra sono trascorsi trecento anni, e che ormai tutto gli è sconosciuto. [N.d.T.]

Figurati che anch'io per un istante ho dimenticato la gravità della situazione e ho sorriso di riflesso. Si muovevano tutti molto lentamente: parlavano un po' tra di loro, giocavano con i bambini, si sedevano sui talloni e poi si rialzavano. Era una vista bellissima e la gente risplendeva di una luce bianca. Il ghiaccio invece aveva il colore pallido delle perle."

"Aveva qualcosa a che vedere con la mia malattia quella visione?"

"Tra quelle persone c'eri anche tu. Tu, che in teoria dovevi essere all'ospedale."

"Anch'io?!? Allora forse quello era il paradiso. Che tu sappia, i dottori mi avevano data per spacciata?"

"Non so. Eri così sorridente e avevi un'aria così divertita che ho smesso di preoccuparmi per te. I tuoi movimenti sembravano una danza, ti attaccavi alla gonna di quelle signore che non avevo mai visto, avevi l'aspetto rilassato e un sorriso smagliante. Ricordo molto bene che vicino a te c'era un bambino con un piumino rosso. Vi tenevate per mano e pattinavate abbracciati, più o meno guancia a guancia. Scivolavate insieme sul ghiaccio sorridenti e sembravate al settimo cielo."

Chiaramente capii subito che quel bambino doveva essere Mitsuru.

"Assorta nel mio mondo, ho pensato quanto bello fosse vederti così felice, un pensiero che sarà durato al massimo un istante. Quando ho chiesto a tuo padre che cosa fosse successo, ormai avevamo già attraversato il ponte da un pezzo. Tornata alla realtà ho cominciato subito a tremare... all'idea che potessi essere morta e che quello fosse il paradiso. Non puoi immaginare, però, come mi eri sembrata felice. Proprio come quando un bambino appena nato ride per la prima volta. Avevi le guance tutte rosse e gli occhi sfavillanti. La mia nipotina sprizzava una tale felicità che mi sono commossa pensando a come sarebbe stato bello se fosse rimasta così in eterno, se quella luce chiara avesse continuato a proteggerla."

"Quel bambino era Mitsuru, vero?"

"Sì, gli assomigliava moltissimo" disse la nonna annuendo.

"Il mistero si fa sempre più intricato" commentai io. Comunque fosse, non ricordavo niente: mi avevano detto che ero stata in coma per tre giorni e che quando mi ero risvegliata avevano tutti pianto di gioia. Conservavo soltanto un vago senso di calore e di oppressione, di certo non avrei saputo dire se in quello stato avevo sognato oppure no.

"Prova a chiedergli se per caso non è stato in fin di vita da piccolo. Se ti dovesse dire di sì, quella allora si rivelerebbe la mia prima e ultima esperienza paranormale" disse la nonna con tono allegro. Non a caso era la madre di papà.

Pattinaggio su ghiaccio... un'immagine che prese subito a rimbalzarmi per la testa. E che forse aveva qualche relazione con il fatto che, anche quando ero andata a casa sua, mi era balenata nella mente all'improvviso.

Se avessi aspettato ancora un po', i vari frammenti si sarebbero finalmente ricongiunti in un unico ricordo.

Mi sentivo rilassata mentre, con il corpo ben caldo, osservavo le montagne e le auto che passavano sulla statale. Decidemmo di mangiare dei *nikomi udon* e così ci alzammo.

L'insieme delle emozioni di quel momento non lo si sarebbe potuto descrivere soltanto con il termine "felicità". La mia consapevolezza di essere viva, ormai, aveva raggiunto un'estensione infinita.

Così facendo, mi dimenticavo sempre più.

Delle sofferenze passate, della sensazione che la vista mi si fosse annebbiata per la tristezza in cui era immerso il mio appartamento, delle lacrime che avevo praticamente vomitato.

Sentivo che il mio corpo se ne liberava giorno dopo giorno. Certo, mi capitava di avere ancora qualche crisi improvvisa, i ricordi mi ripiombavano addosso e le gambe non mi reggevano più, ma la frequenza con cui ciò accadeva diminuiva a vista d'occhio. Dalla mia memoria si stavano cancellando tutte le sensazioni fisiche della vita di Tōkyō. Avevo anche cambiato faccia. Ero più rilassata, non avevo più lo sguardo perso nel vuoto, adesso era attento e mi si erano addirittura addolcite le linee del viso.

Avevo realizzato quanto impressionante fosse la forza del tempo. Era come se la corrente del fiume mi avesse portata lontano, se anche fossi voluta tornare indietro, ormai non sarei più riuscita nemmeno ad afferrare la coda di quelle sensazioni.

Quella notte mi ero fermata a dormire a casa di Rumi.

Dopo una doccia, avevo messo il pigiama e mi stavo godendo il tepore del suo appartamento. Ogni tanto, quando aprivamo la finestra, entrava un'aria fresca in cui si avvertiva il profumo della primavera, come un leggero sentore di fiori.

Rumi prese a raccontare:

"Qualche tempo fa, all'asilo, un bambino aveva trovato il pulcino di un piccione, l'aveva messo in una scatola vicino al cancello e aveva cominciato a prendersene cura. Con una dedizione davvero incredibile. Gli stava sempre vicino al punto da non partecipare più alle attività didattiche. Gli dava da mangiare e l'aveva addirittura portato dal veterinario. Tra di loro si era creato un legame così stretto, che al bambino era nata una grande passione per tutti gli uccelli. Poi però un giorno un barbone se l'è mangiato. Ti assicuro che non sapevo più cosa fare".

"Ma... mangiato?!?"

"Sì. Un barbone che viveva sulla riva del fiume l'ha rubato, se l'è cucinato per bene e l'ha mangiato."

"È proprio vero che tutto cambia a seconda della finestra da cui si osserva la realtà. Per loro due quello stesso essere vivente rappresentava due cose completamente diverse... Per il bambino l'oggetto del suo amore incondizionato, per il barbone invece niente di più di un piccione da fare alla brace."

"Non pensi però che sia una storia che, se da un lato può anche fare sorridere, dall'altro invece ti mette un po' di tristezza?"

"Un po' di tristezza? Io direi che ti strappa il cuore!"

"Esatto! Mi rendo conto che le condizioni in cui si trovano il bambino e il barbone sono talmente differenti che non è facile dire chi abbia agito bene e chi male. Ognuno di noi è libero di scegliere da che parte schierarsi, immagino però che la maggior parte della gente si senta addolorata nell'ascoltare una storia del genere. Per me quello che conta è restare fedeli alle sensazioni che proviamo con il nostro corpo, altrimenti non è possibile avere a che fare con i bambini. Fintanto che viviamo questa vita terrena, non credo che abbia molto senso mettersi a speculare se riusciamo o no a ignorare la voce che proviene dal nostro corpo. Anche se sicuramente è meglio essere consapevoli che anche quella è una possibilità che abbiamo."

"E tu cosa hai detto al bambino?"

"Che il barbone vedeva le cose diversamente da lui. Che lui doveva conservare il suo mondo gelosamente e che, anche se gli fosse crollato addosso mille volte, l'avrebbe dovuto ricostruire ogni volta. Non sono riuscita a dirgli nient'altro."

"Certo che fai un lavoro davvero difficile! Credo che non riuscirei a farlo, sai? Non sono sicura di avere la presenza di spirito necessaria."

"A dire la verità, però, non so se mi farebbe piacere se dovesse esistere soltanto un mondo in cui tutti, indistintamente, amano i piccioni. Tutto sommato trovo stimolanti le emozioni che si provano quando si viene a contatto con modi di pensare diversi dai nostri, ho l'impressione che le mie vedute si amplino."

Annuii. Il fatto che in un paesino così piccolo due ragazze strampalate come noi filosofeggiassero in quel modo era una cosa del tutto irrilevante. Eppure nel tepore di quell'ambiente, vari elementi sparsi si erano ritrovati e si stavano ricongiungendo uno per uno. Qualcosa di simile a un piccolo astro stava per venire alla luce.

Io avevo lasciato la mia giovinezza a Tōkyō, adesso però mi sentivo stranamente serena. Una sensazione nuova per me, come se fossi tornata bambina.

Le uniche cose a cui avevo pensato durante gli anni definiti come "adolescenza" erano stati il cibo e il sesso. Bastava che guardassi la foto dell'uomo con cui stavo, perché venissi trasportata in un mondo fantastico. Che altro non era che la realtà vista attraverso la finestra di un estraneo.

Rumi stese un *futon* sul pavimento e ci si coricò sopra. Io invece mi misi a dormire sul divano-letto.

Spegnemmo la luce e, seppure da altezze differenti, continuammo a parlare.

Rumi disse:

"Prima che i nostri genitori si lasciassero, speravo davvero che noi due diventassimo sorelle, anche perché così avrei potuto avere un'amica in carne e ossa e non soltanto un *kappa* o uno spirito".

Mi commossi leggermente e replicai:

"Pensavo che tu non avessi bisogno di una come me. Tu e tua madre vivevate con un'intensità tale da farmi credere che per te diventare parenti, quel tipo di legame, insomma, fosse una limitazione".

"Assolutamente no. Non puoi immaginare quanto abbia pianto. La gioia di avere presto una sorella se n'era andata lasciando il posto alla certezza di dovere restare sola. Poi, sai, col tempo mi sono abituata di nuovo alla mia solitudine, andavo in riva al fiume e al cimitero."

"E invece eccoci qui ancora insieme. Sorelle o amiche, è la stessa cosa, no?" aggiunsi io.

Nonostante il buio, capii che Rumi stava sorridendo.

"Hotaru, dovresti tornare a vivere qui!"

"Cos'è? Una predizione?"

"No, è soltanto un mio desiderio" rispose Rumi. "Qui c'è tutto quello che ti serve per rifarti una vita."

"Non starai alludendo a Mitsuru, vero?"

"Quella è una cosa che non sappiamo ancora come andrà a finire. E poi c'è anche il fiume."

"Il fiume..."

Per la prima volta riuscii a dire quello che pensavo a proposito.

"Ho come l'impressione che il fiume mi intontisca. Quando torno qui mi sembra di venire inghiottita dal suo fragore e mi si confondono le idee proprio come a tutti gli altri abitanti. Da una parte mi sento protetta, illuminata da una luce speciale, poi però mi accorgo che le cose su cui dovrei riflettere sono state portate via dalla corrente e ho la sensazione di vivere dentro un grandissimo sogno. E tutto questo mi spaventa."

"Capisco quello che vuoi dire... A Tōkyō invece l'ambiente crea un sogno molto più comune, l'illusione di essere protetti. La gente crede di viverne al di fuori, la verità è che non è possibile sfuggire alle illusioni create dall'ambiente. Se continui a fare la tua vita, però, un giorno capisci come stanno le cose e qui, in questo paesino per esempio, il fiume ti appare come un simbolo di forza ancora maggiore" continuò Rumi.

Quel pensiero mi si impresse chiaro nella mente, nonostante la sua voce non sembrasse reale e le sue parole si dissolvessero nel buio.

"Hai mai provato le sensazioni che ti ho descritto?" le chiesi.

Illuminati dalla luce fioca che proveniva dall'esterno, i suoi capelli brillavano leggermente. La sua risposta risonò nel silenzio.

"Sì, le ho provate perché ero sempre sola. Ho lottato anch'io per uscire da quella strana illusione, dal sogno a cui credono di appartenere tutti quelli che vivono qui. Poi un giorno mi sono resa conto che non ne facevo più parte."

Il significato di quella scoperta era diverso a seconda del cammino percorso in passato. Anch'io, ovunque fossi stata, avrei dovuto cercare dentro di me per trovarlo. Probabilmente prima o poi sarei riuscita a uscire da quel miraggio, per ripiombare subito in un altro. Era una battaglia persa in partenza, di quelle che si combattono tutta la vita.

L'unica cosa che avevo capito era che lì con me, in quel momento, c'era un'altra persona che in passato aveva provato le mie stesse emozioni. E che stavo piano piano rimpossessandomi di ciò che avevo perduto.

Di sicuro non avrei più potuto chiamare "adolescenza" quel periodo, ormai ero troppo grande per poterlo fare, eppure in quel frangente sentivo che era l'unico nome appropriato per descriverlo.

Dopo di che mi sentii di nuovo protetta da qualcosa di soffice e caddi addormentata in un sonno leggero.

Poco alla volta, proprio come quando la ferita di un taglio si rimargina, dentro di me cominciavano a riprodursi delle cellule nuove. Ormai non potevo più pensare nello stesso modo di quando si è feriti. Il mio corpo stava mettendo a fuoco il presente; il passato, per quanto bello fosse stato, cominciava a dissolversi. Pregai perché anche la mamma di Mitsuru potesse trarre beneficio da quella forza guaritrice.

Quella notte feci un sogno.

Ero andata al ristorante di Mitsuru, lui però era uscito e così mi aveva aperto un affabile signore che non conoscevo. Avevo capito subito che era suo padre. Stava cercando qualcosa, per cui gli chiesi se non avesse bisogno di aiuto. Dalla finestra si vedeva un bosco buio con degli enormi cipressi che svettavano alti. Sebbene il cielo fosse oscurato quasi completamente da quelle fronde, si scorgeva lo stesso un incredibile numero di stelle brillanti. Il signore mi dice: "Sono così stupido che non ricordo più sotto quale cipresso ho sotterrato una cosa preziosissima che volevo regalare a mia moglie".

"Scusi, ma perché allora la cerca in casa?" gli chiedo.

Lui, sorridendo, mi risponde: "Prima devo trovare la mappa del nascondiglio, però adesso che ci penso, il tuo arrivo forse non è affatto casuale. Sei tu la mappa che cercavo!".

"Guardi che io sono un essere umano."

Lui mi sorride senza rispondere. E, subito dopo, non so perché gli dico:

"Anch'io ho dimenticato il posto dove ho seppellito una cosa".

Spirava un vento fresco, molto piacevole. La finestra era completamente spalancata. Il signore mi domanda:

"Non l'avrai forse nascosta nella tua vecchia casa, dentro l'armadio che usavi da bambina?".

In quell'istante mi svegliai. Rumi stava ancora dormendo profondamente e russava. Osservai i suoi piedi rovinati da un fungo e i muscoli degli avambracci che le si erano sviluppati giocando con i bambini e, così facendo, mi scordai del sogno che avevo fatto.

Un giorno dalla casa di Mitsuru sparì la lanterna con la scritta *Rāmen*. Mi disse che i ristoratori della zona si erano lamentati e gli avevano chiesto, tutto sommato gentilmente, di non portargli via i clienti con quelle tariffe stracciate. Lui aveva tolto subito la lanterna, gli habitué, però, quando la notte vedevano la luce accesa che filtrava dalla finestra, continuavano a presentarsi alla sua porta.

"È come un club segreto!"

"È come uno che invita gli amici a casa e gli prepara da mangiare i *rāmen*, niente di più!"

Ci scambiammo queste battute e io, seduta al bancone, mangiai come al solito la mia scodella di *rāmen*. Le sere in cui vedevo la luce spenta, invece, tornavo sui miei passi senza nemmeno provare a suonare.

Non c'era dubbio che quei momenti rappresentassero per me un grandissimo sostegno.

Se ci vedevamo fuori, da qualche altra parte, i nostri appuntamenti assumevano subito l'apparenza degli incontri galanti tra due single del paese. Incontri che agli occhi della gente dovevano necessariamente nascondere qualcosa di serio. Io non avevo certo la forza per stare attenta a non fomentare quel tipo di voci, pertanto mi comportavo con grande naturalezza e spontaneità. Proprio non mi andava di sprecare il mio tempo pensando a quelle cose.

Un pomeriggio vidi Mitsuru al supermercato mentre faceva rifornimento per il ristorante. Prima di chiamarlo decisi di osservarlo un po' da lontano. Camminando a grandi passi con il suo fisico possente, dopo aver riempito il carrello di *rāmen*, scelse molto attentamente cavoli, germogli di soia e funghi.

Con gesti in grado di comunicare serenità.

Era pacato in tutto quello che faceva, non aveva mai fretta nel fare questo o quell'altro.

Mi resi conto di non possedere nemmeno lontanamente la sua flemma e la cosa mi lasciò sbalordita.

Vista la sua situazione, pensavo che avesse deciso di aprire il ristorante come diversivo, soltanto per non annoiarsi. Ma che al tempo stesso lo facesse con un obiettivo ben preciso.

Mi sbagliavo: per lui quella era una semplice attività fine a se stessa. Non lo faceva per ingannare il tempo in attesa che sua madre si ristabilisse. Tanto meno era un poveretto costretto a stare in casa a preparare i *rāmen*, combattuto dalla voglia di tornare sui campi di sci. Lui era lui, e continuava a essere la stessa persona in qualunque situazione si trovasse, niente di più.

Non sapevo come mai avessi realizzato la cosa, così all'improvviso, nel reparto di un supermercato. Osservando i mille colori degli alimenti esposti con ordine sugli scaffali, mi ero fermata in una corsia fredda e semideserta e avevo confrontato il suo atteggiamento con il mio.

Fu lì che capii:

Io non sono qui contro la mia volontà perché mi hanno bandita da Tōkyō dopo che il mio ex mi ha lasciata, sono qui perché mi va di starci, e sono libera di vivere dove mi pare e piace. E subito dopo mi accorsi che un'altra delle catene da cui mi sentivo legata si era rotta.

Finalmente libera da quel peso, per un istante osservai il mondo dall'alto.

"È proprio in questi cambiamenti che consiste la guarigione. Quasi quasi potrei scrivere un libro..." sussurrai mentre sceglievo anch'io dei *rāmen* precotti. Fu in quel momento che Mitsuru mi vide. Esordì dicendo:

"Se te li cucini da sola, a me non resta che chiudere il ristorante!".

"Sai, ogni tanto mi piace cambiare qualità."

"Malissimo! Non vorrai tradirmi, eh?"

"Tieni presente che io sono cresciuta in pratica mangiando soltanto la qualità di *rāmen* che usi tu. Dopo che è morta mia mamma, mio papà a pranzo mi preparava sempre gli *shio rāmen*."

"E cosa metteva nel brodo?"

"Burro e spinaci. Sempre e soltanto burro e spinaci" risposi.

Ancora adesso, quando sento il profumo degli *shio rāmen* mi ritorna in mente l'immagine della nostra cucina dove ormai la mamma non c'era più e rivedo papà di spalle intento a cucinare. Il rumore dei tegami e del rubinetto aperto. Papà che fa scendere molta più acqua di quanto non facesse la mamma e che mette gli spinaci nel brodo, senza prima scottarli per togliere le impurità. I movimenti impacciati di papà e la forza di volontà che impiegava in quei giorni.

Ecco perché il profumo dei rāmen *che mi prepara Mitsuru riescono a tranquillizzarmi fino a quel punto...*

In quel periodo, proprio come per magia, il tempo aveva avvolto me e papà con grande delicatezza.

Nella nostra vita a due, spesso c'erano stati momenti in cui avevamo l'impressione che la mamma fosse ancora in casa. Eravamo come impazziti per la tristezza. A volte ci dicevamo piangendo: "Adesso la mamma è qui tra noi, vero?".
"Sì, è passata in questo istante." Mi era perfino capitato di vederla prendersi cura delle piante di casa e di venire svegliata da lei la mattina.

Quando i confini fra la realtà e l'altro mondo si fanno sottili, può succedere di incontrare i morti. Era una sensazione che conoscevo molto bene. Quando mi concentravo su qualcosa al punto da estraniarmi, la linea di demarcazione tra i due mondi svaniva e io avevo mia madre davanti agli occhi. Oppure avvertivo la sua presenza, immobile a osservare quello che facevo. Quando piangevo, poi, sentivo subito il suo profumo e la sua mano appoggiarsi sulla mia spalla. Quella stessa mano che da viva mi aveva sculacciata in preda a crisi d'ira, da morta era sempre gentile. Chissà se la mamma sapeva che non avrebbe vissuto ancora a lungo.

Ormai nelle piccole cose non mi capitava più di avvertire la sua presenza. Evidentemente, nel periodo immediatamente successivo alla sua morte, io e papà ci trovavamo ancora in un mondo molto vicino al suo.

Ed era per quello forse che il dolore non aveva mai raggiunto livelli insopportabili. Ogni giorno, grazie al susseguirsi di quelle vere e proprie magie, capivo di venire sorretta da una grande energia. La mamma non c'era più, eppure in quel periodo la sua presenza, ormai separata dalla severità che l'aveva contraddistinta, proteggeva la mia vita e quella del papà con ancora più forza che in passato.

Un'esperienza che aveva ulteriormente avvicinato papà alla sfera del paranormale, e che aveva fatto di me una ragazza con un che di surreale, anche senza arrivare a farmi vedere, che so, i *kappa* o il fantasma del mio primo ragazzo. Non dimenticherò mai quell'atmosfera in cui sentivo l'amore della mamma entrarmi dentro. Un'atmosfera simile all'aria fresca che si respira la mattina in montagna. La sensazione che la luce del sole che risplende con forza nel cielo venga irradiata sempre e ovunque in abbondanza.

Rumi, Mitsuru, sua madre, la nonna, mamma e papà... questo è uno strano paese dove c'è solo gente bizzarra. Sembra che tutti diano importanza a ciò che non si vede, come in una sorta di congregazione segreta.

Non arrivai a dirlo a parole, ma lo pensai convinta.

E arrivai alla conclusione che anche quello dipendesse dal fiume. Non c'erano dubbi: la sua presenza penetrava nell'animo delle persone modificandole poco alla volta.

A proposito, qualche tempo fa la mamma mi era comparsa davanti agli occhi mentre guidavo, in un momento in cui avevo perso interesse per la vita.

La storia con il mio compagno era già finita e io ero tornata in una località dove in passato andavo con lui a fare delle fotografie. Avevo osservato da sola il panorama. Sulle montagne avvolte dalla foschia, qua e là erano rimaste delle chiazze rosa di ciliegi in fiore. Mi ero fermata alla stazione termale dove sostavamo ogni volta e, nell'enorme hall dove di solito ci davamo appuntamento dopo il bagno, mi ero seduta ad aspettare qualcuno che non sarebbe mai arrivato. Speravo di respirare almeno l'ultima traccia del sentore dei giorni passati, e invece mi trovavo davanti soltanto la cruda realtà: tutto era diverso da come era stato fino ad allora.

Al ritorno, su una buia strada di montagna, guidavo senza prestare attenzione, ormai non mi interessava più niente di niente. Non volevo però che qualcuno morisse per colpa mia, per cui quando incrociavo una macchina che viaggiava in senso contrario, mi portavo così tanto al lato della carreggiata da sfregare contro la parete rocciosa. *Chi se ne importa, tanto non è mia: l'ho noleggiata! Sicuramente sarà assicurata...* pensavo.

Non ero più né un'amante, né una aiuto fotografo, ma soltanto una buona a nulla. Non sapere come riempire le giornate era una condizione in cui non mi ero mai trovata prima di allora, qualcosa che, per assurdo, trovavo addirittura rinfrescante. Mai prima di allora mi ero sentita così inattiva da dovermi aggrappare al passato. Non avevo più nemmeno un posto da visitare senza che questo non fosse collegato in qualche modo al mio ex. Una scoperta che mi fece capire quanto spaventosa fosse la forza dell'abitudine.

Cercai di evitare un'auto nei pressi di una curva e la mia macchina slittò fino a uno spiazzo dove c'era una specie di belvedere. Chiusi gli occhi pensando: *Se adesso arriva un'altra macchina è la fine.*

In quell'istante il volto della mamma si materializzò lungo tutto il parabrezza, riaprii subito gli occhi e vidi che non sopraggiungeva nessuno. Dopo di che feci una brusca sterzata e premetti il freno. La macchina si fermò in una posizione a dir poco imbarazzante e mi ritrovai davanti a un panorama che risplendeva nel buio della notte con il cuore che mi batteva all'impazzata. I lampioni di quella città che in teoria avrei dovuto odiare, e le luci delle finestre delle case brillavano come delle nottiluche che tra un'onda e l'altra illuminano il mare scuro.

Sentii la voce della mamma dire chiaramente:

"Ricordati che la prossima volta non ti andrà così bene. Anzi, guai a te se ci sarà una prossima volta!".

Risonò come un qualsiasi altro suono all'interno dell'abitacolo, non l'avevo certo sentita solo dentro l'animo o nel fondo delle orecchie.

In quel momento ritornai in me. Il corpo tremava da capo a piedi. La morte mi aveva attratta a sé.

Una volta il mio compagno, che era abituato ad andare solo in alta montagna, mi aveva parlato di quella sensazione:

"Le strade di montagna hanno un grande fascino, ma a un certo punto finiscono con l'annullare la differenza tra la vita e la morte. Ti fanno entrare direttamente in un'altra dimensione e, se per caso attraversi un periodo difficile, piano piano ti senti attrarre dalla morte. Non sto parlando di quei sentimenti cupi che qualcuno definisce erroneamente come 'maledizioni' o 'sortilegi', ma della percezione ben precisa che in quell'ambiente la morte, e non la vita, sia la cosa più naturale che ci possa essere. A me è successo spesso di trovarmi in quella situazione. E ti assicuro che non è facile dimenticare quello che provi in quei tristi frangenti di smarrimento dove ti sembra di essere posseduto. Nelle foto scattate in quello stato d'animo poi si vedono cose sconosciute agli esseri umani, è come se ci fosse concentrata un'energia invisibile, così intensa da risultare addirittura spaventosa".

A ben pensarci, lui mi piaceva proprio perché aveva l'intelligenza necessaria per entrare in contatto con quel mondo. Ed era proprio grazie a quella che riusciva sempre a mettere in atto le sue decisioni, inclusa quella di lasciarmi. Senza neppure una telefonata dettata dal rimpianto, senza neppure una visita improvvisa.

Per un momento avevo visto in faccia il vero aspetto terrificante della natura, qualcosa che non aveva niente a che vedere con la mia depressione o solitudine. Una volta sorpassata quella linea, la vita e la morte divenivano la stessa cosa. Si entrava in un mondo affilato in cui in un sol colpo venivano recisi i legami con i sentimenti.

Seppure soltanto per un istante, in quella circostanza ero arrivata a un passo da quel luogo.

Camminando per le strade del paese, con il naso all'insù a guardare il volto dell'uomo al mio fianco, finii col ricordarmi di quando ero stata innamorata. Ed ebbi l'impressione che le ferite del mio animo riprendessero a sanguinare.

Tutto sommato, però, c'era qualcosa di divertente. Mitsuru mi portava le borse mentre camminavamo insieme verso il parcheggio. In lontananza, le montagne erano completamente innevate. Il cielo, che sembrava risucchiato da quelle, era blu e limpido come se niente di male potesse nascondersi al suo interno.

Mitsuru si era offerto di darmi un passaggio fino a casa, ma una volta in macchina avevamo deciso di fare prima un giro in montagna.

Volevamo andare a prendere un caffè in un locale che si trovava a mezza costa.

Nonostante le piante spoglie, osservata dall'alto, anche la vista invernale era molto bella. Il fiume circondava il paese creando una forma curiosa, come se gli dèi avessero rovesciato dell'acqua sulla Terra. Sulla superficie del fiume, che risplendeva qua e là, scivolavano le ombre delle nuvole soffici.

"Quando nevica molto la strada che porta quassù viene chiusa, sai?" disse Mitsuru.

"Ma dai, viene chiusa per la neve? Speriamo allora che questi clienti facciano una deviazione tutti da Heidi."

Dalle enormi finestre del locale entrava luce in abbondanza tanto da far luccicare la superficie del caffè che avevamo di fronte a noi.

"Certo che nella tua famiglia avete tutti un aspetto mistico. Fate parte di una qualche setta religiosa?" gli chiesi.

"Perché me lo chiedi?" ribatté Mitsuru strabuzzando gli occhi.

"Non so... avete qualcosa di strano" dissi e lui, ridendo, mi zittì al volo:

"Mai quanto tuo padre!".

"Sai, non so nemmeno io quello che passa per la testa a mio padre. Si fa prendere subito dall'entusiasmo" replicai e gli raccontai delle varie tecniche di meditazione di cui era rimasto infatuato, delle incredibili diete alimentari che aveva seguito per mantenersi in salute, e di quando si era dedicato a pratiche ascetiche che prevedevano il silenzio per svariati mesi, oppure l'esposizione al sole completamente nudi. Mitsuru rideva di gusto, poi, come se si fosse ricordato all'improvviso di qualcosa, disse:

"Adesso che mi ci fai pensare, mia nonna, la chiamavano la Dea della stazione degli autobus".

"Cosa?" replicai sorpresa.

Non soltanto ne avevo sentito parlare, ma l'avevo anche vista con i miei occhi.

La stazione degli autobus era abbastanza grande e si trovava alle porte del paese. C'era la sala d'attesa, un negozietto e un ristorante. La nonna di Mitsuru era sempre lì a dare consigli alle persone in difficoltà e a distribuire tè a destra e a manca, nei giorni di caldo torrido come in quelli di freddo glaciale. Era vestita male, ma non chiedeva l'elemosina a nessuno. Non era certo obbligata a rimanere lì, eppure ci stava dalla mattina alla sera. Tanto che ormai la salutavano tutti, qualcuno le rivolgeva la parola e le portava addirittura dei regali. Una sciarpa fatta a mano, o più semplicemente qualcosa da mangiare, per esempio. Erano in molti quelli che andavano a parlarle quando non sapevano più dove sbattere la testa oppure quando attraversavano un momento particolarmente triste.

Stando a quanto si diceva in giro sul suo conto, vedendo ogni giorno folle di persone che andavano e venivano, aveva sviluppato un intuito molto particolare. Quando in paese arrivava qualcuno dall'aria sospetta, pare che lei andasse addirittura alla polizia per allertarla. E proprio grazie a una sua segnalazione era stato arrestato un rapinatore ricercato in tutto il Giappone. La polizia pubblicamente non lo ammetteva, la gente però diceva che spesso i poliziotti andassero a chiederle consiglio quando succedeva qualcosa. Quando incontrava dei ragazzi che erano scappati di casa, offriva loro un tè e si faceva raccontare quello che era successo. Se era necessario, poi, li invitava a passare la notte a casa sua e li convinceva a mettersi in contatto con i genitori.

Quando è morta, al suo funerale si era formato un lungo, lunghissimo corteo e tutti quanti avevano pianto per lei. Alla stazione mi era capitato di vedere persone scoppiare in lacrime, sconvolte dalla notizia della sua scomparsa. Dopo quest'ultimo ritorno al paese non c'ero ancora stata e quindi non lo potevo sapere con esattezza, tuttavia non mi sarei affatto stupita di sentire che c'era ancora gente che offriva dei fiori al piccolo Jizō messo in sua memoria con i soldi raccolti dai compaesani.

Mi sembra di ricordare che fosse morta dopo che mi ero trasferita a Tōkyō.

Mio padre era rimasto molto influenzato da quella signora. Diceva spesso che:

"Benefattori di cui non conosciamo nemmeno il nome, sono dappertutto a questo mondo" ed era proprio per conoscerli che si era messo in viaggio.

Dopo la morte della mamma, passava ogni tanto dalla stazione degli autobus con la scusa di fare quattro passi. La nonna di Mitsuru lo consolava con parole affettuose e lui, infischiandosene dei passanti, le si metteva a piangere in grembo. Lei allora gli appoggiava una mano sul capo, accaldato come quello di un bambino, e aspettava che si calmasse. Ferma, immobile fintanto che papà non esauriva tutte le sue lacrime. Quando si lasciavano, poi, lei lo salutava con un semplice sorriso, senza nemmeno stare ad ascoltare le scuse e i ringraziamenti che lui le proferiva.

"Grazie, grazie mille. Sapessi l'aiuto che mio padre ha ricevuto da tua nonna! E così tu saresti suo nipote, eh? Perché non mi hai mai parlato di una cosa così importante?"

"È passato così tanto tempo che pensavo non se ne ricordasse più nessuno."

"Ti sbagli di grosso! Non c'è una sola persona in paese che si sia dimenticata di tua nonna. Anzi... molto probabilmente se ci fosse stata ancora lei, non sarebbe morto nessuno in quel terribile incidente in cui è rimasto coinvolto anche tuo padre."

"Hai ragione. L'ho pensato anch'io più di una volta. Mia madre con il suo sesto senso purtroppo non è riuscita a impedirlo. È quello il motivo principale di tutti i suoi rimorsi."

Adesso che avevo finalmente capito l'origine di quella strana calma che avvolgeva Mitsuru e sua madre, mi sentivo più tranquilla. Perché ero riuscita a dare un nome a una sensazione misteriosa.

"Frequentavi molto tua nonna?" gli chiesi.

"Sai, era così famosa in paese che non l'ho mai considerata come una vera nonna, mia e di nessun altro. Era un personaggio pubblico. Anche la mia mamma dice spesso che, proprio perché sua madre si dedicava completamente agli altri, lei non la vedeva come una vera madre. Con questo, quando andavo a trovarla era carina con me, per cui ho solo dei bei ricordi sul suo conto. Aiutava a distribuire il cibo ai senzatetto e dava ospitalità a quelli che scappavano di casa o alle donne maltrattate dai mariti. Insomma nella sua baracca c'era sempre qualcuno. Adesso che ci penso, il magazzino dove vivi tu, un po' mi ricorda la casa di mia nonna."

"Grazie per averlo associato a una baracca!" ironizzai.

"Ma no! Non fraintendermi. Volevo soltanto dire che anche tu sei una donna sola che vive in un ambiente praticamente non arredato" disse Mitsuru sorridendo.

E finalmente sopraggiunse il momento che tanto avevo aspettato. Ricordo ancora bene l'intensità della luce, come pure il colore degli alberi spogli illuminati dai raggi del sole.

"Sai, ora, mi sono ricordato che una volta mia nonna mi aveva consigliato di regalare un paio di guanti a una bambina che stava morendo."

Di punto in bianco Mitsuru si mise a raccontare l'episodio:

"Mi divertivo a scendere a tutta birra dall'argine lungo il fiume con la bicicletta nuova che mi avevano appena regalato. Ma una volta ci sono finito dentro e mi sono spaccato la testa in due sbattendo contro i sassi. Chiaramente poi 'a tutta birra'... mi hanno portato all'ospedale!".

"Ti sembra il caso di fare dell'ironia su una storia così terribile?"

"Prima di riprendere i sensi, ricordo di aver sognato. Di aver sognato che pattinavo sul ghiaccio."

Fu come un fulmine a ciel sereno; quando Mitsuru arrivò a quel punto della storia, tutto si chiarì come per incanto. Ormai i frammenti combaciavano perfettamente e mi ricordai addirittura di quando avevo sognato suo padre.

Lo stupore fu tale da non riuscire a fare altro che continuare ad ascoltarlo.

"Pattinavo su una pista da sogno insieme a della gente allegra. Erano tutte persone molto gentili con cui sentivo un forte legame, anche se in effetti non le conoscevo affatto. Ero tranquillo e mi sentivo soddisfatto. Chissà, forse ero in paradiso. Sai, pattinavo, ma avevo l'impressione di levitare nel vuoto. Vicino a me c'era una bambina. Era abbastanza piccola, ma pattinava molto bene. Eravamo gli unici due bambini, così ci eravamo presi per mano e pattinavamo insieme. Forse me ne ero anche innamorato un po'. Aveva due guance paffutelle molto carine. Chissà perché però non aveva i guanti e così le sue mani erano ghiacciate."

Avrei voluto dirgli che quella bambina ero io, ma non ce la feci. Continuai ad ascoltarlo in silenzio.

"Quando ho ripreso conoscenza, avevo la testa tutta bendata. I dottori, per fortuna, avevano detto che non avevo subito nessun danno cerebrale e che mi avrebbero dimesso nel giro di qualche giorno. Mia nonna era venuta a trovarmi e le avevo raccontato il sogno, perché sapevo che mi avrebbe capito. Lei era rimasta particolarmente colpita dal fatto che la bambina non avesse i guanti. Poi con lo sguardo perso nel vuoto e il tono della voce risoluto mi dice: 'Sei arrivato a un passo dalla morte, lo sai? È davvero un miracolo che tu sia riuscito a tornare indietro. La bambina che era con te in quel momento è di sicuro ricoverata in questo ospedale, magari con un febbrone da cavallo. Devi trovarla e portarle in regalo i tuoi guanti. Vedrai che guarirà anche lei'. Io non avevo niente da fare per cui mi sono messo a cercarla dappertutto. Ho chiesto informazioni a un'infermiera e lei mi ha detto che c'era una bambina con una bruttissima polmonite che però non poteva assolutamente ricevere visite. Allora le ho spiegato come stavano le cose e lei si è offerta di portarle i guanti al posto mio. Ricordo bene tutta la storia fino al punto in cui la sua famiglia è venuta a ringraziarmi. Poi, sai, ero talmente piccolo e con una voglia tale di tornare ai miei giochi scatenati che mi sono completamente dimenticato di quello che era successo a quella bambina. In quell'occasione ho percepito quanto grande fosse il potere di mia nonna."

Avrei voluto dirgli che quella bambina era stata dimessa, che era cresciuta piena di salute, e che adesso era davanti a lui. Temevo la considerasse una storia troppo bella per essere vera, e così non gliela raccontai. Il tempo offuscava i ricordi al punto da farli cadere nell'oblio. Dentro di noi il nostro incontro di una volta non si era mai trasformato in una memoria precisa e pensai che così sarebbe dovuto restare.

Mentre percorrevamo la strada del ritorno, gli dissi:

"Prima, davanti alle montagne innevate, ho intravisto molta nostalgia nei tuoi occhi. Ti costringerò ad andare a farti una sciata uno dei prossimi giorni. Sto io con tua madre".

Glielo dissi talmente decisa che lui replicò stupito:

"Guarda che se ci fossi proprio voluto andare, avrei potuto anche lasciarla sola, sai? La verità è che non ne avevo voglia. Se però insisti così tanto, quasi quasi me la faccio venire...".

In quell'istante, dentro di me pensai: *Dunque sei stato tu a salvarmi la vita quella volta? Se è così che stanno le cose, devo fare il possibile per dimostrarti la mia gratitudine.*

Chiedendomi come avessi potuto dimenticare un sogno così importante, mi diressi verso la casa di mio padre. La nonna non aveva saputo dirmi se avessi ricevuto o meno dei guanti in regalo da un bambino sconosciuto durante il mio ricovero, io però ricordavo molto bene l'armadio descritto in sogno dal papà di Mitsuru.

Entrai in casa e come prima cosa spalancai le finestre per cambiare l'aria. Dopo di che aprii la porta di uno stanzino che usavamo come ripostiglio in cui erano stipate le vecchie cose di famiglia.

I vestiti della mamma erano tutti in ordine, impilati per bene, esattamente come li avevo visti l'ultima volta. Sentii una leggera fitta al cuore, seguita però anche da una piacevole nostalgia. Tanto da arrivare a sorridere involontariamente. Aprii l'armadio rosa con gli animaletti colorati che usavo da bambina e cominciai a rovistare nei suoi cassetti, praticamente in trance.

Fintanto che non trovai un vecchio paio di guanti da maschietto con una fantasia bianca e rossa.

"Incredibile... beh, nemmeno poi tanto" sussurrai per niente stupita da quel ritrovamento.

Provai ad annusarli e riconobbi il vecchio odore della lana.

Il pensiero che fossero riusciti a unire due persone superando le barriere del tempo, me li fece sembrare qualcosa di caro, di miracoloso, così li misi subito nella borsa. Certo, non erano i guanti in sé che trovavo preziosi, bensì la preghiera che era stata loro affidata.

Quella mattina Mitsuru caricò in macchina tutta la sua attrezzatura e, con il sorriso stampato in faccia, andò a sciare.

Io me ne stavo tranquilla al primo piano di casa sua, vicino alla zona ristorante, e di quando in quando scendevo nella stanza di sua madre a controllare che tutto fosse a posto. Le portavo il tè, facevo quello che mi chiedeva di fare e così, senza accorgermene si era fatto pomeriggio.

Sembrava che non le dessi fastidio; quando il mattino mi aveva vista arrivare aveva detto qualcosa del tipo:

"Ah, oggi stai tu qui con me?" e aveva sorriso.

Sebbene fosse ancora più magra della volta precedente, mi era sembrato che fosse leggermente migliorata. Non c'era dubbio che il tempo stesse facendo fermentare in lei qualcosa di nuovo.

Mi rattristava l'idea che in quella stessa stanza ci avesse dormito anche suo marito. Lo immaginai aprire le finestre la mattina, e commentare la giornata con la moglie prima di addormentarsi. Quella era sicuramente l'alcova dove Mitsuru era stato concepito. Il cappello di suo padre, la sua penna stilografica, i suoi libri: tutto era esattamente come un tempo. Era un ambiente in cui due persone avevano condiviso un lungo periodo, di quelli che ti restano dentro per sempre. Da quella stessa finestra avevano goduto della stessa vista, imprimendo nella memoria perfino la forma dei rami degli alberi, come delle ombre cinesi.

Verso le tre, andai a dare un'occhiata alla signora, convinta che stesse ancora riposando. Lei però aprì leggermente gli occhi e mi chiese:

"E Mitsuru, che fine ha fatto?".

Capii molto bene quello che preoccupava Mitsuru: sua madre quando dormiva sembrava davvero uno scheletro e aveva tutto il corpo irrigidito come un cadavere. Se apriva gli occhi, però, la vita tornava a scorrerle dentro.

"È andato a sciare. Torna stasera. Si sente di prendere un tè oppure di mangiare qualcosa?"

"Ho un po' fame" rispose lei con un tono di voce finalmente deciso.

"Che cosa le andrebbe?"

"Ormai non ne posso più di *shio rāmen* e di *miso rāmen*!"

"Va bene, allora le preparo un misto dei due" dissi e lei si mise un poco a ridere.

Forse aveva solo cercato di essere carina con me, io comunque ero felice di vedere che avesse ritrovato la forza di farlo. Tutto sommato per me lei era una semi sconosciuta, eppure quella sua risata mi riempì di gioia.

"Cosa ne dice di un'omelette? È un po' troppo pesante?"

La signora rispose che andava bene e io tornai in cucina al piano di sopra. Tirai fuori le uova dal prezioso frigorifero di Mitsuru, cucinai un'omelette morbida morbida e gliela portai insieme a dei pomodori e a dei cracker. Poi, immaginando che le avrebbe dato fastidio venire osservata mentre mangiava, andai nella stanza accanto a far bollire dell'acqua. E dopo un bel po' di tempo le portai del tè caldo.

Notai con piacere che il piatto era quasi vuoto e che aveva mangiato anche un cracker.

La signora si sedette per bene sul *futon* e bevve il tè che le avevo preparato.

"Mi sento molto meglio. Prima di tornare a muovermi come prima, però, mi ci vorrà ancora un po' di tempo" disse la signora.

"Non è da tutti essere così consapevoli dei propri limiti, sa? Trovo incredibile che non abbia perso la lucidità con tutto quello che ha passato. Lei invece riesce a valutare oggettivamente il suo stato di salute giorno per giorno."

"Sai, quella mattina il mio destino si è separato per sempre da quello di mio marito. Anche se cercassi di rincorrerlo, non riuscirei più a raggiungerlo" disse la signora. Poi proseguì:

"Innanzitutto ci vuole tempo per poter accettare la realtà dei fatti. Poi ti senti bruciare l'animo per l'odio, un odio che ancora adesso porto dentro. Insieme al rancore e a quel tipo di sentimenti. Poi sono stata colpita dall'ondata di compassione delle persone che avevano perso i famigliari con mio marito. Sono riuscita a farmene una ragione, a pensare che non ci fosse più niente da fare, solo quando è passata la tempesta. Però sai, i primi tempi se ti sforzi di far finta che non sia successo niente, poi va a finire che per tutta la vita ti porti dentro una specie di macigno. Per cui ho deciso di non esagerare, proprio come quando avevo partorito Mitsuru. Sai, era stato un parto molto complicato per cui per qualche tempo ero dovuta restare a letto, cercando di muovermi il meno possibile".

"Anch'io sono convinta che questo sia il modo migliore per guarire" dissi pentita di aver cercato invece di lottare disperatamente contro la realtà. "Certo che però anche Mitsuru è stato bravo a capirla, a continuare la sua vita normalmente, senza mai perdere la calma. Non mi stupisce il fatto che siate parenti della Dea della stazione degli autobus. Sapesse il conforto che mio padre ha ricevuto da sua madre!"

"Prima che nascessi io, mia madre aveva passato dei momenti terribili. Momenti di cui non ha mai voluto parlare. Era sempre dolce e sorridente, nel suo sguardo però c'era rigore e un grande orgoglio. Quando mi sono sposata e abbiamo costruito questa casa, mio marito le aveva proposto di trasferirsi da noi, lei però è voluta restare nella sua casupola. Pensa che tre giorni prima che le venisse un infarto, era ancora alla stazione degli autobus. Sapeva che sarebbe morta: è venuta a comunicarci che 'era andata in pensione' portando in regalo dei ricordi di famiglia, qualcosa da mangiare, e addirittura dei soldi per Mitsuru. La sera abbiamo preparato il *sukiyaki* per festeggiarla e, parlando, io le ho detto che di lì in avanti avrebbe dovuto fare solo cose divertenti, dei viaggi per esempio, e le ho chiesto di nuovo di venire a vivere con noi. Lei mi ha risposto di sì tutta sorridente, ma sapeva benissimo di mentire. Io non l'avevo mai considerata una vera madre, credevo me l'avessero portata via le persone che chiedevano il suo aiuto, quelle stesse che come lei avevano vissuto grandi sofferenze; in quel momento però ho avuto l'impressione di avere ritrovato una madre a tutti gli effetti e ho pianto dalla felicità."

"Io sua madre l'ho vista solo qualche volta alla stazione, e adesso che ho conosciuto sia lei che Mitsuru capisco che era davvero una persona eccezionale."

"Con il suo comportamento, ancor più che a parole, mi ha insegnato moltissime cose. Ripeteva sempre che gli esseri umani non devono mai fare il passo più lungo della gamba. Aveva il vizio di ripetere che gli sforzi inutili sono la madre di tutte le cose negative. Mi aveva raccontato che quando era giovane, mentre era alla stazione, aveva avuto un'apparizione. Un dio era sceso dalla montagna e le era entrato in corpo. Da quel momento in poi si era sentita protetta, e anche quando uno scorbutico la minacciava o dei ragazzi la prendevano in giro, lei riusciva comunque a mantenere intatto il suo orgoglio senza restarne ferita. Aveva deciso di dedicare la sua vita a quella missione; di certo non lo faceva controvoglia, ma soltanto perché desiderava farlo. Se aveva sonno, stava a letto fino a tardi e si faceva cucinare qualcosa dai ragazzi che ospitava in casa, se la prendeva comoda, insomma. Anch'io poi andavo spesso a darle una mano e le facevo da mangiare. Le portavo anche i *kairo*, ma quelli erano una cosa che aveva sempre in abbondanza. Sai, alla gente faceva piacere farle dei piccoli regali, come per esempio fiori o verdura. Ho deciso che anch'io, quando mi riprendo, voglio fare qualcosa del genere. Non che pensi di andare tutti i giorni alla stazione degli autobus, vorrei però essere in qualche modo d'aiuto agli altri, proprio come lo è stata mia madre."

Si stancava facilmente, per cui a metà della storia si era dovuta sdraiare, i suoi occhi però brillavano.

"Mi ci vuole ancora un po' di tempo... Quando arriva la primavera, sono sicura però che cambieranno le cose" aggiunse la signora.

Io tirai fuori dalla borsa i guanti.

"Questi guanti me li ha regalati Mitsuru moltissimi anni fa, se li ricorda?"

La signora spalancò gli occhi e disse:

"Cosa?!? Eri tu?".

Poi li prese in mano e cominciò ad accarezzarli.

"Me li ricordo benissimo! Mitsuru insisteva nel dire di avere sognato di pattinare con una bambina che era ricoverata con lui in ospedale, e che siccome lei aveva dimenticato i guanti a casa e aveva le mani ghiacciate, doveva portarle a tutti i costi i suoi. Sai, aveva appena sbattuto la testa per cui ero preoccupata che fosse impazzito. Poi invece mio marito mi ha tranquillizzata e mi ha convinta ad assecondarlo. Allora abbiamo chiesto a un'infermiera di controllare se per caso non ci fosse una bambina che corrispondesse alla sua descrizione. Lei mi disse che se ne sarebbe occupata personalmente, anche perché – comunque fosse stato – un regalo da parte di un bambino non avrebbe di sicuro dato fastidio a nessuno. Per me era una storia talmente assurda che alla fine non mi sono neppure preoccupata di domandarle se li avesse davvero dati a qualcuno. Quindi era vero che c'era una bambina ricoverata!"

"Eh, sì. Io non mi ricordo più niente, mia nonna però mi ha detto di aver avuto una specie di visione e di avere visto quella scena. È stata lei a parlarmene."

"Allora tu e Mitsuru avete davvero pattinato insieme in quel sogno!"

La signora sorrise come una ragazzina. Mostrandomi per

la prima volta il vero volto che aveva quando stava bene. Un'immagine che si sovrappose a quella indebolita del momento, risplendendo con i colori sgargianti dei fiori. *Così signora! Ancora un po'... ancora un po'.* I primi segnali della guarigione cominciavano a farsi vedere come germogli appena spuntati. Un miglioramento talmente evidente, talmente inarrestabile che, pensando ai suoi sentimenti che invece bramavano di tornare alla vita col marito, poteva perfino apparire crudele.

"Questi guanti, glieli regalo" dissi alla signora.

"Non potrei mai accettarli. Per te sono un caro ricordo, no?"

"Non si preoccupi. A me hanno già salvato la vita, adesso la devono salvare a lei."

Le sorrisi, mi alzai e uscii dalla stanza.

Quei guanti erano arrivati dal passato come attraversando il tunnel del tempo. E proprio come in passato erano riusciti a scaldare le mie mani, adesso avrebbero protetto lei.

Al primo piano stetti per un po' seduta al bancone, poi mi sdraiai sul pavimento fintanto che non mi appisolai. Quando mi svegliai era già quasi sera. A occidente il cielo era tinto di rosso e le nuvole, riflettendo un'intera gamma di colori, illuminavano le montagne innevate.

Ah, che bella giornata! Ancora poco e arriva la sera... Aprii gli occhi con la sensazione di aver sempre vissuto in quella casa. Fino a qualche tempo prima avevo bruciato d'amore in un ambiente dove tra un palazzo e l'altro non si scorgeva nemmeno una montagna, dove in lontananza si sentiva soltanto il rumore del traffico, dove la gente camminava solo a passi veloci. Adesso invece mi ero svegliata sola in una casa che non conoscevo. E al piano di sotto c'era una signora, per me quasi sconosciuta, che stava dormendo. Piano piano dovetti ammettere che era vero che la vita fosse imprevedibile.

Aprii la finestra, feci uscire un po' dell'aria calda che arrivava dalla stufa e guardai di sotto. Davanti alla stanza della mamma di Mitsuru c'era un giardino con una fila di piccoli cipressi che mi saranno arrivati più o meno ai fianchi.

Presi a fissarli come per riuscire a richiamare qualcosa alla memoria.

Erano tutti abbastanza simili, uno di loro però si distingueva leggermente per il colore.

Lo guardai e mi ricordai subito di quel sogno, di quello con il papà di Mitsuru.

Cos'è che aveva detto? Che si era dimenticato sotto quale albero avesse sotterrato un regalo?

Lo bisbigliai e l'istante dopo ero già al piano di sotto pronta per uscire. Non ebbi nemmeno il tempo di chiedermi cosa diavolo stessi facendo, tutto sommato quella non era casa mia. Agivo come spinta da una forza misteriosa. Nel passaggio che portava in giardino vidi una pala e decisi di prenderla senza fare troppi complimenti. Sapevo che di lì a poco si sarebbe fatto buio, dovevo fare in fretta.

Alla base del cipresso che si distingueva dagli altri, il colore della terra era differente. Come se fosse stato trapiantato da poco. Osservai da vicino le sue radici e mi accorsi che la terra era fresca.

Cominciai a scavare come una furia. Mentre il sole tramontava e il cielo si faceva sempre più scuro. Era sicuramente meglio fare alla svelta, piuttosto che svegliare la signora per farmi prestare una torcia. E così facendo, in men che non si dica, scavai tutt'intorno al tronco.

Fintanto che non vidi una cassetta di legno mezza marcia.

"Trovata!" gridai senza volere.

L'aprii immediatamente nonostante il buio. Dentro c'era una scatolina piccola piccola avvolta nella plastica. Aprii anche quella e vi trovai un bellissimo anello lucente con una perla incastonata, perfettamente conservato.

Quando lo vidi mi vennero gli occhi lucidi, proprio come quando gli esploratori di una volta trovavano un tesoro.

"Cosa stai facendo?"

Sentii il rumore di una finestra che si apriva e vidi la mamma di Mitsuru affacciarsi.

"Adesso capisco! Tu non sei venuta qui per me, ma solo per rubare il tesoro di famiglia, eh? Scherzi a parte, cosa stai facendo?"

Nella penombra, una ragazza semisconosciuta che in teoria era venuta per prendersi cura di una donna ammalata, stava invece dissotterrando qualcosa nel giardino... Nonostante l'assurdità della situazione e le pessime condizioni di salute in cui si trovava, la signora aveva comunque trovato la forza per fare una battuta. Non c'era dubbio che fosse una persona molto particolare, ne fui ammirata.

"No, questo è da parte di suo marito. È un regalo per lei. Sa, l'avevo sognato." Neppure la risposta che riuscii a mettere insieme aveva senso.

Adesso che aveva finalmente raggiunto la sua vera proprietaria, l'anello sembrò brillare ancora di più. La perla emetteva una luce iridata con una sfumatura di rosa, come se fosse appena stata estratta da un'ostrica. La signora provò a infilarsi l'anello al dito: le stava a pennello.

"Ah... mio marito aveva detto che mi avrebbe fatto un bel regalo per il nostro anniversario di matrimonio."

Chissà perché nell'istante in cui aveva preso in mano l'anello, i sospetti sul mio comportamento erano svaniti completamente. Ormai sembrava aver capito come fossero andate le cose. Immaginai che dietro quel cambiamento repentino ci fosse lo zampino del marito.

Si era fatto buio e io morivo dalla voglia di lavarmi le mani, per cui risotterrai la cassetta di legno sotto il cipresso e tornai in casa passando dall'ingresso principale.

"Lei non ci crederà, ma ho sognato suo marito. E in sogno mi ha detto di avere dimenticato dove avesse sotterrato un regalo molto prezioso. Me ne sono ricordata all'improvviso... a dire la verità, è stato sempre lui a parlarmi di quei guanti" le dissi.

"Ti è sembrato che stesse bene?" mi chiese la signora.

"È stato molto carino con me, davvero gentile."

"Mi fa piacere" commentò lei con le lacrime agli occhi.

La perla che portava al dito brillò. Il fulgore si distaccò dal suo aspetto sciupato, da quella mano e quel corpo emaciati, e fluttuò nel vuoto. Forse ci sarebbe voluto del tempo, sentivo però che prima o poi quello stesso fulgore sarebbe sicuramente tornato ad appartenerle.

La signora pianse un poco fino a che non cadde addormentata come una bambina.

Mitsuru tornò a casa con l'aria soddisfatta di chi ha passato l'intera giornata sugli sci. Non gli dissi niente di quello che era successo. Presi la scatola di cioccolatini che mi aveva portato in regalo e, sotto le stelle, me ne andai.

Era meglio che fosse sua madre a parlargliene.

Se gliel'avesse raccontata lei, di sicuro si sarebbe sentita ancora meglio.

Quella piccola favola ambientata in un piccolo paese.

La telefonata di mio padre che preannunciava il suo ritorno arrivò qualche giorno prima dell'inizio della primavera.

"Ma sei ancora lì? Il tuo appartamento a Tōkyō ormai sarà pieno di muffa."

"Guarda che è colpa tua, sai? L'ultima volta che ci siamo parlati mi hai detto che saresti tornato presto e invece non ti sei più fatto sentire."

"Fossi in te, a questo punto tornerei a vivere lì. Se non ti va di stare con me, puoi sempre affittare un appartamento, no? Se vuoi ti posso dare una mano con l'affitto."

"Ma che cosa stai dicendo? L'appartamento di Tōkyō ormai è mio e non ho nessuna intenzione di venderlo."

"Meglio ancora! Adesso che hai un bel capitale, possiamo anche spassarcela insieme, no? Prova a pensare: potremmo organizzare dei barbecue in riva al fiume."

"Per favore non ti ci mettere anche tu a cercare di convincermi a trasferirmi qui. Sono già confusa a sufficienza."

"Scusa se te lo chiedo, ma cosa torni a fare a Tōkyō? Ormai non c'è più nessuno che ti aspetta e che ha bisogno di te."

Le parole di papà mi trafissero il cuore fino in profondità. Tanto da provare rabbia, da arrivare a pensare di non volere tornare a vivere al paese solo per ripicca.

"La verità è che, se va avanti così, nella migliore delle ipotesi mi ritrovo a gestire il caffè della nonna, oppure a lavorare in un asilo nido. O peggio ancora mi tocca sposarmi un maestro di sci con la mamma a carico. Tutte cose che non dipenderebbero dalla mia volontà, che non avrei scelto di fare io in prima persona."

"Ma lo sai che sei ancora giovanissima? Davvero, non ti capisco" disse papà con una punta di rassegnazione. "Non c'è miglior cosa che seguire il corso naturale degli eventi, esattamente come fa la corrente del fiume. Certo che sei proprio stupida!"

"Ti chiedo scusa: non tutti hanno la fortuna di essere intelligenti come te!"

Riattaccai il telefono e dopo qualche minuto cominciai a pensare che papà avesse ragione. Tutto sommato avere così tante possibilità tra cui scegliere era un lusso. Nella mia prigione di Tōkyō le scelte che mi si erano presentate erano state molto limitate. Io non ero cambiata di certo, mi ero soltanto trasferita in un'altra località. Ma nonostante quello, mi erano successe molte cose, tutte in una maniera naturale, tanto da permettermi di restare quella di sempre.

Allo stesso tempo però sentivo di volermi ribellare. Non potevo andare avanti così, dovevo reagire per orgoglio, non potevo seguire alla lettera tutto quello che mi dicevano gli altri o farmi trasportare dal fiume senza nemmeno provare a nuotare contro corrente. Non sapevo da cosa scaturisse quel sentimento. Forse dentro di me provavo ancora del rancore nei confronti di mio padre per avere cercato di rifarsi una vita, oppure temevo di venire delusa dalle persone che vivevano lì, tutte persone che mi piacevano davvero molto. O forse mi spaventava l'idea di instaurare dei nuovi legami. Era come se in quel paese vigesse un'etica di comportamento del tutto particolare: tutto doveva essere regolato dal fiume. Avevo paura di toccare con mano quanto radicata potesse essere quell'etica.

Alla fine capii che i miei due sentimenti contrastanti non erano che soluzioni messe a punto da qualcun altro.

Dei luoghi comuni appresi a mia insaputa, pensieri creati non certo da me.

Trasportata dal corso degli eventi, dovevo prendermela con calma e raggiungere il mio luogo designato.

Mi ci voleva ancora un po' di tempo. Proprio come la mamma di Mitsuru, senza temere il mio destino, dovevo spingermi fino al punto che più mi avrebbe soddisfatta.

Incontrai per caso Mitsuru quando i boccioli dei ciliegi in riva al fiume avevano cominciato a gonfiarsi. Non ci eravamo visti per due settimane, perché ero stata molto impegnata col lavoro. In quel periodo, infatti, la nonna aveva deciso di ampliare il menù del caffè e di conseguenza avevamo dovuto provare a cucinare tutta una serie di piatti nuovi.

All'imbrunire, quando vidi Mitsuru camminare verso di me in quel sentiero alberato, all'improvviso mi ricordai della sua faccia da bambino. Mi tornò alla mente insieme al tepore della sua piccola manina che cercava di scaldarmi e alla voglia di continuare a pattinare al suo fianco, oltre che a una vaga percezione di felicità.

Era la stessa emozione che avevo provato quando l'avevo rivisto per strada.

"Sei di fretta adesso? Ti andrebbero dei *takoyaki*?" mi chiese Mitsuru.

"Sono libera, perché? Come mai proprio i *takoyaki*?"

"Hanno aperto un negozietto nuovo di fronte al supermercato. Ne hanno parlato alla televisione in un programma di cucina. Pare che lo gestisca uno che ha fatto esperienza in un locale molto famoso del Kansai, così stavo pensando di andare a darci un'occhiata. Voglio vedere se è davvero buono come lo decantano."

"Va bene. Andiamo, allora!"

Facemmo un po' di coda, scegliemmo le varie salse da mettere sui *takoyaki*, e andammo a sederci sugli scalini di pietra che costeggiano il fiume, rassegnati a congelarci il fondoschiena. Oltre a noi, c'era una lunga fila di coppie a una distanza regolare l'una dall'altra che resistevano impavide al freddo.

I *takoyaki* erano bollenti e davvero molto buoni. Avevano un sapore che forse a Tōkyō non mi avrebbe colpito più di tanto; mangiati lì in riva al fiume, però, erano tutta un'altra cosa. Il calore della lattina di tè sembrava penetrare sotto la pelle proprio come quello di un *kairo*. Il viso esposto all'aria della sera era freddo, una sensazione però che era anche piacevole.

Lungo la strada principale del paese avevano aperto un supermercato e alcuni spacci, e la vista era diventata davvero inguardabile. La gente comprava quantità folli di carne da fare alla brace e vestiti di bassa qualità, come se cercasse di affogare i dispiaceri in quegli acquisti eccessivi. Tuttavia fintanto che ci fossero stati il fiume, le montagne, i piccoli torrenti e quei campi di un verde intenso, un'atmosfera magica avrebbe continuato a pervadere quel paese.

Che strano. Ero stata giù di morale tutta la giornata, ma quando si era fatta sera il mio umore era mutato. Esposto alla luce del tramonto che si avvicinava sempre più, era cambiato senza che me ne rendessi conto. Come quando ci si sveglia al mattino e ci si sente rinfrancati. Come quando la notte diluvia e l'aria si purifica. Una cosa del genere.

Davanti alla natura sentivo quello che provavo dopo avere fatto del buon sesso. Trascinata dalla sua energia incommensurabile, intravedevo qua e là delle forme sensuali, quasi celate: i boccioli cilindrici dei fiori di ciliegio, le linee rette delle foglie di giunco, le spirali dei mulinelli che si formavano nell'acqua intorno ai sassi. La sola vista di ciò bastava a farti provare un piacere fisico.

"Sai che mia madre si prende cura del giardino adesso? È

migliorata davvero molto. Dopo pranzo dorme ancora parecchio, poi però riesce a stare sveglia. In compenso ha cominciato a ricordarsi delle cose passate e piange in continuazione. Piange e quando smette sembra stare un po' meglio. Ha sempre quell'anello al dito, sai?" disse Mitsuru.

"Bene, mi fa molto piacere."

Fu una risposta un po' asettica che gli diedi sorridendo. Di sicuro con dei pezzettini di alga incastrati fra i denti.

Un ragazzo e una ragazza entrambi single e con un certo interesse l'uno per l'altra si erano rivisti dopo un po' di tempo ed erano seduti in riva al fiume nella penombra. Eppure la scintilla dell'amore non scoccava.

"Ti sono molto riconoscente per quello che hai fatto per mia madre. Vorrà dire che quando si riprenderà del tutto le dirò di prepararti dei veri *rāmen*. I suoi sì che sono buoni, sai?"

"Tutto tranne che i *rāmen*, per favore!" gli dissi ridendo e lui proseguì:

"Non mi sarei mai accorto che in giardino c'era una cosa del genere nascosta sottoterra. Mio padre ha sempre avuto delle idee originali per il suo anniversario di matrimonio. Un anno è tornato a casa cantando a squarciagola con indosso un costume da orsacchiotto, un altro invece ha regalato duecento rose alla mamma. Una volta poi ha prenotato in gran segreto un intero ristorante, e un'altra ha organizzato una gara di *karaoke* che è durata tutta la notte. La più bella però è stata quando ha telefonato alla mamma fingendosi un rapitore e le ha detto di portare subito duecentomila yen fino a una panchina in riva al fiume se voleva rivedere suo marito vivo".

"Solo duecentomila? Un po' pochini, non trovi?"

"Con quei soldi poi sono andati insieme in gioielleria e le ha regalato un ciondolo."

"Ma a tua madre facevano piacere tutte quelle messe in scena?"

"No, assolutamente, anzi le davano fastidio. Ogni anno quando si avvicinava il giorno dell'anniversario cominciava a preoccuparsi. Sai, non era facile fare finta di cascarci. Soprattutto la volta della telefonata del rapimento."

"Immagino..." dissi annuendo.

Man mano che scendeva la notte, una dopo l'altra le cose sparivano dalla vista, proprio come nel panorama di un altro mondo. Le luci cominciavano a galleggiare sulla superficie dell'acqua e il paese a sprofondare nelle tenebre. Piano piano, come una nave che affonda alla deriva.

"Mia madre mentre faceva ordine in camera sua ha trovato la mappa del tesoro disegnata dal papà. C'era scritto che il tesoro era sotterrato alle radici di un cipresso, dieci passi a ovest dalla porta d'ingresso, più tutta una serie di altri dettagli. Poveretto, quando ha scavato quella fossa in giardino di sicuro non avrebbe mai pensato di morire poco dopo. Chissà la trepidazione che ha provato" disse Mitsuru.

A quelle parole, immaginai suo padre mentre, approfittando dell'assenza della moglie, scavava con energia in giardino qualche giorno prima di morire, e mi vennero le lacrime agli occhi. Dopo di che, con la voce che mi tremava, dissi:

"Sono sicura che il candore dell'anima di tuo padre non si sia logorato nemmeno con quella morte, per quanto cruento sia stato l'incidente in cui è rimasto coinvolto. Lui ha lasciato qualcosa di concreto, qualcosa che un egoista che muore dopo avere vissuto una vita insignificante non può certo lasciare. Qualcosa che magari cambierà forma dentro di voi, ma che continuerà a restarvi vicino. È vero quello che dicevi qualche tempo fa, ossia che gli eventi sono influenzati dal destino e dagli influssi lasciati da chi se ne va prima di noi. Come nel caso di tua nonna, per esempio. Per me sono proprio quegli influssi, quell'incredibile energia insomma, le uniche cose che ci è concesso lasciare su questa Terra".

Mitsuru non fece alcun commento, così mi voltai a guardarlo. Con il viso affondato nelle ginocchia strette fra le braccia, stava piangendo.

Gli presi una mano, ricordando il calore che mi aveva donato da bambino, in quel momento in cui ci eravamo trovati entrambi in bilico tra la vita e la morte. Era gelata. Così, con le mie piccole dita ancora sporche di salsa, cercai di scaldargliela.

"Anch'io vorrei vedere mio padre ancora una volta" fece lui.

Io annuii in silenzio e con ancora più forza strinsi la sua grande mano.

Ormai eravamo tutt'e due adulti, pertanto saremmo potuti andare a letto insieme molto facilmente. Niente ce lo avrebbe impedito, al di là del leggero imbarazzo che avremmo provato nei confronti dei reciproci parenti. Con le tecniche che avevo raffinato durante la mia lunga carriera di amante, mi sarebbe stato fin troppo facile far godere quel corpo muscoloso, permettergli di sfogare i desideri repressi durante l'arco di un inverno, fargli dimenticare ogni cosa.

Noi però eravamo tornati a essere due bambini a un passo dalla morte, e quello era soltanto un momento in cui piangere insieme nel silenzio. Non so chi dei due l'avesse deciso, a ogni modo quello era un momento così.

Se si fosse presentata l'opportunità, chissà, forse un giorno avremmo anche potuto condividere qualcos'altro.

In mezzo al fragore del fiume che tutt'a un tratto era diventato rumoroso, il rosa chiaro dei boccioli di ciliegio e le nostre mani congiunte sembravano illuminare il buio come delle pallide lucine.

Quando ci alzammo in piedi decisi a tornare a casa, Mitsuru mi abbracciò leggermente.

"Non so proprio come ringraziarti... vorrà dire che l'anno prossimo ti insegnerò a sciare."

Io, con la testa appoggiata al suo petto e il battito del suo cuore che mi rimbombava nelle orecchie, risposi:

"Odio sciare. Fa freddo, gli sci sono pesanti, e poi quando cadi ti fai malissimo".

"Nient'altro?" disse Mitsuru con una punta di ironia mentre allentava il nostro abbraccio. "Se te lo insegna uno bravo come me, potresti anche cambiare idea, sai?"

"Vabbè, vorra dire che ci penserò l'anno prossimo."

Dopo di che risalimmo l'argine e tornammo ognuno alla propria vita.

Andai a trovare Rumi per raccontarle quello che mi era successo, e come regalo le portai dei mandarini di una qualità rara. Decidemmo di mangiare qualcosa insieme e così ci preparammo una pasta in casa. Mi sarei fermata a dormire da lei perché ormai si era fatto tardi.

Dopo cena, mangiando un mandarino dopo l'altro, Rumi mi disse di sentirsi un po' stanca perché negli ultimi tempi era stata molto occupata.

Quando le parlai del sogno e di tutto il resto, il suo commento fu:

"Hai fatto proprio una bella cosa, brava Hotaru! Come volevasi dimostrare, no? Quando il destino vuole che si capiscano certe cose, alla fine ci si riesce sempre".

Lo disse come se fosse stato tutto molto normale. Al pensiero che la mia piccola avventura venisse liquidata in quel modo, lì per lì arricciai il naso, poi a ben pensarci, mi resi conto che nell'ambiente in cui era cresciuta lei una storia del genere doveva essere all'ordine del giorno, per cui me ne feci una ragione.

Sembrava però che Rumi vedesse qualcosa in lontananza.

In quei momenti le si spegneva l'espressione in volto e gli occhi mettevano a fuoco qualcosa su un piano leggermente diverso. Erano occhi trasparenti come gocce di pioggia su un petalo. Gli occhi di una gatta che osserva un uccello volare lontano.

Non ascoltava il contenuto concreto delle storie, ne coglieva soltanto le sfumature e i colori.

Le chiesi se si ricordasse della Dea della stazione degli autobus e lei con una punta di tristezza rispose:

"Quando ero piccola, una volta quella signora è stata molto carina con me".

"Ma allora è proprio vero che la conoscevano tutti qui nella zona" dissi stupita.

"Era un periodo in cui la mia mamma si prendeva cura soltanto dei suoi seguaci e ce n'era un gruppetto che veniva a casa nostra tutti i giorni. Figurati che i vicini mi avevano chiesto se facevamo parte di una setta religiosa. Io avevo deciso di scappare di casa, avevo messo le mie cose in una borsa ed ero andata alla stazione degli autobus. Facevo ancora le elementari per cui non sapevo bene dove volessi andare. Me ne stavo lì a fissare i pullman chiedendomi dove fossero diretti. A un certo punto la signora mi si avvicina e mi dà dei fiori. Un bouquet che aveva messo insieme lei alla buona con dei fiori bianchi e un piccolo fiocco. Me lo regala e mi dice: 'Devi crescere ancora un po' prima di potere prendere l'autobus da sola, lo sai? Se non ti va di tornare a casa subito, puoi venire da me, comunque'. Ho capito immediatamente che era una persona buona. Aveva lo sguardo candido e gli occhi che brillavano. Al pensiero che qualcuno avesse capito che stavo cercando di scappare, però, ho provato un po' di vergogna, allora ho preso i fiori che mi aveva dato e me ne sono tornata a casa. Poi li ho messi in un bel vaso e li ho curati fintanto che non sono appassiti. Mi aveva fatto piacere che mi avesse parlato. Sai, allora morivo dalla voglia di venire notata da qualcuno, chiunque fosse. Per i seguaci di mia madre io ero solo un peso e non c'era giorno che non me lo facessero notare."

"E così la nonna di Mitsuru operava ogni giorno i suoi piccoli miracoli, senza andare in giro a dirlo ai quattro venti" commentai io. "Ma a proposito, che fine hanno fatto i seguaci di tua madre? Era più o meno il periodo in cui i nostri genitori avevano cominciato a frequentarsi, no?"

"Non li sopportava più neanche lei e allora un giorno, subito dopo la mia fuga, li ha buttati fuori casa e non li abbiamo più rivisti. A modo loro erano pure gentili, figurati che arrivavano tutti i giorni con dei tegami di pesce bollito e facevano anche le pulizie, chiaramente solo in camera della mamma e mai nella mia. Poi però credevano di trovarsi a casa loro: si preparavano il tè, aprivano il frigo e facevano merenda con quello che c'era di buono. Per non parlare delle mille domande con cui ci assillavano, cercavano sempre di carpire questo o quel segreto. Erano delle persone davvero vili, credimi."

Rumi sembrava arrabbiata come se fosse successo qualche minuto prima.

"È stata una sventura, eh?"

"Ormai sono passati molti anni. Mia mamma adesso sa quello che fa e non permette più a quel tipo di persone di starle troppo addosso. Tu piuttosto: come te la passi con Mitsuru? Pensi che vi metterete insieme?"

Me lo chiese senza alcun tatto, una cosa strana per lei.

"Per il momento sembrerebbe di no."

"Non mi verrai a dire che non è successo niente, eh?" fece Rumi ridendo.

"E cosa ti farebbe credere una cosa del genere?"

"Lo capisco dall'alone che ti vedo intorno al viso."

"Cosa? Mi faresti il piacere di non usare i tuoi poteri senza autorizzazione?"

"Ma di cosa ti lamenti! Sposatelo e vieni a vivere qui! Vedrai che ti divertirai. Io ti procuro un posto all'asilo nido o se preferisci puoi continuare a lavorare da tua nonna. Immagino che prima o poi andrà in pensione, no?"

"No, no. Il suo entusiasmo aumenta sempre più. Ogni giorno studia qualcosa di nuovo per il menù del pranzo e così si tiene attiva. Figurati che ha addirittura inventato una torta nuova. Una crostata allo yogurt fantastica, che devi assolutamente venire ad assaggiare!"

"Ma dimmi: non hai più rimpianti nei confronti del passato?" mi chiese Rumi.

"No. A ogni modo ho deciso di vendere l'appartamento di Tōkyō. Senza chiedere il permesso a nessuno. Sai, adesso è intestato soltanto a mio nome."

"Allora puoi mettere in piedi un'attività qui, no?"

"Non credo che riuscirò a ricavarne una gran cifra. Considera che è un appartamentino davvero piccolo. Cambiando discorso, invece, mio papà tornerà in Giappone a giorni, per cui mi chiedevo se non ti andrebbe di andare a mangiare una cosa tutti insieme."

"Da quanto tempo non vedo tuo padre... C'è mancato davvero poco che non diventasse anche il mio di padre... Forse se ci vediamo tutti e tre insieme il nostro legame si rinforza ancora di più e tu non avrai altra scelta che tornare a vivere qui."

Dopo di che Rumi prese a fare dell'ironia:

"E così ti sposi Mitsuru! Lo sai, vero, che i maestri di sci hanno tutte le ragazze ai loro piedi, eh? Sarà una vita dura, preparati!".

"Secondo me stai viaggiando un po' troppo con la fantasia."

"E poi avrai la suocera in casa... e metterai al mondo i pronipoti della Dea della stazione degli autobus! Li manderai al mio asilo, vero?"

"Detto da te sembra tutto bello e divertente. E la cosa mi spaventa non poco, sai?"

"Ancora un piccolo sforzo, dai!" fece lei.

"Ma si può sapere cosa vuoi da me?"

"Non l'hai ancora capito? Voglio che torni a vivere qui!" rispose Rumi con il sorriso sulle labbra.

In quell'istante mi sentii avvolgere ancora una volta dal calore di quelle parole.

Non ho bisogno di te, non mi servi più... il mio animo da orfanella, abbandonata sia dall'uomo amato che dall'unico legame che avevo con Tōkyō, era rimasto traumatizzato da quelle frasi che pure non mi erano mai state rivolte apertamente. Da quando ero tornata al paese, invece, aveva cominciato a sentirsi protetto dall'affetto di quelle esortazioni.

Mentre lavavo i piatti e sistemavo la cucina, pensai che forse mi sarei dovuta davvero trasferire lì e dopo un po' mi accorsi che Rumi si era addormentata sul pavimento.

Ma come? Proprio adesso che volevo chiederti ancora dei consigli... Decisi comunque di lasciarla dormire e così la coprii con una trapunta.

Rumi farfugliò qualcosa nel sonno e si girò a pancia in su. Dopo di che si mise a russare leggermente.

Mentre con un piede si grattò il polpaccio dell'altra gamba.

Mi chiesi se il suo ragazzo "danese" la amasse al punto da accettare tutto quello: i piedi poco curati, il fungo tra le dita, lo smalto sulle unghie messo da cani e il sonno agitato. La fissai con affetto per qualche secondo, dopo di che tornai in cucina a finire di riordinare.

Riempio la vasca d'acqua calda, preparo il tè e la sveglio. Poi le rimetto per bene lo smalto, in modo che le duri a lungo.

Postscriptum

Era da molti anni che non scrivevo più un vero romanzo adolescenziale.

Ho cominciato a lavorarci in un periodo di smarrimento totale, tanto da non riuscire a portare a compimento la parte della delusione d'amore della protagonista. Sono stata costretta addirittura ad accantonarlo, proponendomi di riprenderlo in mano una volta che mi fossi riavuta... poi invece la storia mi è piovuta giù dal cielo.

Non ho mai abitato in una regione fredda, non so bene cosa significhi "tornare al paese" perché ho sempre vissuto a Tōkyō, tanto meno sono il tipo che si integra facilmente nella comunità in cui vive. Dunque non mi sembra vero di avere scritto cose a me del tutto sconosciute e che Hotaru sia riuscita a ritrovare la serenità in quel paesino, in un modo così grazioso.

Ho l'impressione che sia un romanzo uscito dalla penna di qualcun altro e pertanto mi sento libera di dire che penso trasmetta molta tranquillità. Non credo sia un romanzo strepitoso, il contenuto poi non è un gran che, qua e là però ci sono dei passaggi che mi piacciono molto.

Trovo che sia una storia molto simile a una favola.

Mi farebbe piacere se qualcuno che sta affrontando un brutto momento la leggesse e riuscisse ad alleviare le proprie sofferenze, senza pensare di trovarci dei messaggi particolari.

Dedico questo romanzo al signor Nemoto Masao che, nonostante il mio ritardo nella consegna del manoscritto, è stato ad aspettare con tutto il suo calore.

L'unica cosa che ricordo di quel periodo pieno di incertezze è di avere pensato intensamente al signor Nemoto, conscia del fatto che sarebbe stato il primo destinatario della mia storia. Più di una volta ho associato la sua immagine all'aria tersa dell'inverno, all'acqua dei fiumi, ai campi che si estendono all'orizzonte, alla vista delle montagne. A quell'atmosfera e a quel freddo pungente che poi sono diventati il fulcro del romanzo, il vero motivo che mi ha spinta a scrivere questa dolce storia misteriosa. Signor Nemoto, grazie davvero.

Ringrazio anche tutto lo staff che ha collaborato alla realizzazione di questo libro.

Banana Yoshimoto

GLOSSARIO

Fusuma: porta scorrevole da interni formata da un'intelaiatura in legno su cui sono fissati dei pannelli di carta.

Futon: l'insieme di materassino e trapunta che costituisce il "letto" giapponese. Si stende direttamente per terra e di giorno viene piegato e riposto in appositi armadi a muro.

Iwashi-don: filetti di sarda, solitamente impanati e fritti, serviti sopra una scodella di riso bianco.

Jizō: forma giapponese del *bodhisattva* Kṣitigarbha, oggetto di culto popolare tuttora assai diffuso. È considerato la divinità tutelare dei viaggiatori e dei bambini, in particolare quelli defunti. La sua statua, in genere di pietra e raffigurante un monaco dal cranio rasato con in mano un bastone da pellegrino, è spesso ricoperta di stoffe colorate offerte dai fedeli.

Kairo: scaldino portatile.

Kansai: la regione che comprende le città di Kyōto, Ōsaka, Kōbe e le province circostanti.

Kappa: personaggi mitici del folklore giapponese che vivono nei pressi dei laghi, fiumi o paludi. Sono alti come dei bambini di tre, quattro anni, hanno mani e piedi palmati, il corpo verdastro ricoperto di squame e il cranio dalla forma bizzarra simile a una ciotola.

Miso rāmen: *rāmen* (v.) serviti in un brodo a base di *miso*, una pasta di fagioli di soia bolliti e fermentati con sale e lievito.

Mochi: riso glutinoso cotto a vapore pestato a lungo in un mortaio, con cui si preparano dolci e piatti tradizionali.

Nikomi udon: *udon* (v.) cotti in un brodo addensato con vari tipi di fecola.

Oden: zuppa con uova sode, *konnyaku* (una sorta di gelatina), patate e altri ingredienti in brodo di pesce.

Rāmen: tagliatelle cinesi di farina di frumento servite in un brodo arricchito a piacere con germogli di soia, spinaci, burro, uova sode, funghi eccetera.

Sapporo ichiban: popolare marca di *rāmen* confezionati.

Senbei: cracker croccante di riso soffiato alla salsa di soia.

Shio rāmen: *rāmen* (v.) serviti in un brodo a base di sale (*shio*) e salsa di soia.

Sukiyaki: piatto a base di carne, verdure, *tōfu* e altri ingredienti tagliati a fettine che si cuoce direttamente in tavola in un brodo di salsa di soia, *sake* dolce (*mirin*) e zucchero.

Takoyaki: bocconcini di polpo ricoperti di pastella e guarniti con salsa di soia, alghe, maionese eccetera.

Tatami: stuoie di giunchi intrecciati fissate su una cornice di legno ornata da un bordo di passamaneria. Costituiscono il pavimento delle stanze in stile giapponese.

Udon: grossi spaghetti di farina di frumento, generalmente serviti in brodo.

Yakuza: malavitosi appartenenti all'omonima organizzazione criminale che praticano, fra l'altro, l'estorsione ai danni dei commercianti.